Апрель, Непутёвый, Три дня и другие
More Short Stories
Евгений Замятин
Yevgeny Zamyatin

More Short Stories
Copyright © JiaHu Books 2017
First Published in Great Britain in 2017 by JiaHu Books – part of
Richardson-Prachai Solutions Ltd, 434 Whaddon Way, MK3 7LB

ISBN: 978-1-78435-211-0

Апрель

На улице солнце. Дорога просохла. Вьется апрельская легкая пыль. И так сладко-больно глядеть на первую пыль, что может даже слеза застить глаз. А может, и так это -- облако мимо летит, и никакой нету слезы, что, правда, за глупости такие!

А больших -- это, вот, да: больших Насте жалко, уж наверно не могут они понять, что за сласть -- сидеть вот и на первую пыль глядеть. Настя, будь ее воля, день бы целехонек тут на окне просидела, да дела, нельзя: одеваться, в гимназию идти -- книги -- шляпа... А вчера он про шляпу сказал:

-- От вашей шляпы одни фикции болтаются: пора бы ее в печку.

А ну ее, правда! И -- шляпу под стол, золотую косу -- через плечо, вниз по ступенькам, через две, через три.

У ворот -- липа, листьев нету еще, так только -- дымка зеленая, повитая солнцем. А под липой -- он стоит: чуть пробились усы, и любимое у него слово -- фикция. Каждый день стоит тут и ждет. И каждый день воробьенком бьется сердце у Насти. Потому что ни разу еще не объяснялся он, и как знать -- может, сегодня-то вот и... А тут еще вчера пари это Настя ему проиграла -- за то, что спросили, а двойки он все-таки не получил. Мало ли, что он теперь может потребовать?

Настю провожал всегда Коля до старых городских, от зеленого мха корявых ворот. Тут, прощаясь, Коля вспомнил случайно -- совершенно случайно:

-- Ах, да, пари-то мое ведь? Во-от, чуть не забыл! Держит Настину руку, не отпускает, покраснел весь, голос чужой стал, басовитый -- со страху:

-- Я могу... потребовать. Я ни при чем, вы сами зачем затеяли...

Духу набрал -- и головой в воду -- ух!

-- ...И вот хочу вас теперь поцеловать, и вы должны, потому что пари, а то -- подло.

Нагнулся к Насте. Повторенный эхом -- нежный, чуть слышный звук. И... Настя ни чуточки даже не осердилась. Ну, хотела же, правда -- хотела, и увернуться тоже хотела, а вышло: не увернулась, а может быть, даже... Глаза Настя на минуточку малую закрыла, под ногами качнулось. Да, наверное, знаете, видели -- вихорьки такие в апреле на улицах бывают: маленький, прозрачный закружился, и уж глядь -- оторвался от земли -- и к небу. Вот и Настя теперь летит так и не знает: где, когда, что...

Глаза открыла -- очень плохо все видно. И не понять: куда Коля девался и откуда взялась -- стоит Алексевна перед Настей.

-- А-а, Настенька, здра-аствуй, милая, здравствуй! Что же это, с кавалерами-то уж на улице стала теперь целоваться? Вот оно ка-ак? Так-так-так.

А сама все ближе подвигается, и видать уж волосы на подбородке у Алексевны -- на бородавках -- трясутся от радости.

-- Ах ты, б-бесстыдница, ах-ах-ах, а? Вот погоди: вот мамаше просвирочку заздравную отнесу, я ее -- про дочку-то ее обрадую...

...Что -- говорить? Что толку просить? Алексевну-то? Старую девку-то эту? Да разве ее упросишь?

В гимназии забудется все на минуту, закружится, пропадет в веселом весеннем шуме. Такое ведь за окном солнце. И вдруг -- бледнее день, и клонится, вянет Настина голова.

"Об этом -- о самом моем... Об этом -- будут вслух? О!"

Звонок. Конец. Но домой нельзя еще идти: дождь. Столпились все внизу, в раздевальной, открыли окно в сад.

Там -- зеленое притихло все, испугалось: а ну-ка вдруг конец веселому маю, солнцу -- конец? Нависло-потемнело.

А Настя -- о своем:

"Как все быстро это вышло и просто. Должно быть, все ужасное -- просто".

Вдруг как запрыгают светлые капли, как засверкают. То-то потеха! Набросились на зеленое, шумят, шебаршат: буйную какую-то школу ребятенок выпустили на перемену -- и они подняли веселый содом.

И опять смотрит солнце -- еще яснее: умылось. Апрельские слезы -- недолги.

Дома. В передней -- противные Алексевны калоши глубоченные и шугайка висит, рыжая. Значит...

Мать вышла Насте навстречу -- с низким поклоном:

-- Пожа-алуй, дочка дорогая, пожалуй, любезная!

И начинается. Все, до последнего -- и как же ее стыд не зазрит! -- все рассказывает, подхихикивает Алексевна. Настя к стене прислонилась, руки -- за спину. "Господи, помоги, Господи... А Коля -- говорил, что не верит уже и что надо выйти из детских рамок. Нет, Господи, нет, помоги!"

Мать зажигает новую папиросу:

-- Ну, что же, правду сказывает Алексевна-то? А?

-- Пра... правду,-- сгорела вся Настя, но глаз не опустила.

-- Правду, а? Сознается, глаза еще пялит, а? Да если ты с этих пор... Что же из тебя выйдет-то? Господи-батюшки, наградил ты меня!

Алексевна главой покивает, вздыхает, гладит бархатный свой ридикюлец: о-хо-хо-хо!

-- ...А этого, героя твоего -- я его юбошничать отучу-у,-- мать стучит мослаком по столу,-- я его отучу-у! Нынче же вечером вот поеду -- и директору реальному все расскажу. Попрут -- так ему и надо: не юбошничай.

Нет, вот оно когда -- ужасное-то... Очень тихо Настя сказала:

-- Хорошо. Если ты, правда -- директору, то я знаю, что сделаю...

Что же: только посильней перевеситься за окно -- и вся недолга. Небось тогда мать пожалеет, да уж...

-- Каково? Она ж еще смеет грозить? Пошла си-ю мину-ту в мою комнату, и чтоб шагу не смела. Удерет? Ну, не-ет, чтоб не удрала... Да ты, никак, Алексевнушка, уж уходишь? Ну, прощай, прощай, спасибо. В воскресенье-то, обедать, гляди, не забудь.

...Чтобы не удрала дрянь-девчонка, отобрала мать у Насти чулки-башмаки и в комод их приперла.

Одна осталась, села Настя на кровать, согнулась, тоненькая, в три погибели, спрятала слезы в подушку.

"Как все ужасно, как все стыдно. Если правда -- директору, так ведь это же... Ну, его хоть, по крайней мере, так -- босого -- не запрут. Вот ведь, не зря он говорил о неравноправии девочек с мужчинами... Вот, отсутствие демократического строя, неравноправие -- вот теперь и сиди без чулок, позорно".

Почему так обернулось -- неизвестно, но только самое сейчас горькое Насте: без чулок, босиком. Ноги под платье запрятала, плачет и плачет, и конца-краю нет Настину горю...

По белой занавеске ползет вверх любопытное солнце. Нашарило прогалок, пробралось внутрь. Золотым сиянием напитало розовое Настино ухо. Слезло -- рядом с золотом волос легло на подушке на мокрой, досуха выпило Настины слезы.

Настя поглубже засунула руки под подушку: там очень хорошо, прохладно. Улеглась поудобней.

Ах, если бы она была красавица, бледная -- и глаза бы... Колю, впрочем, любила бы все так же. А зато уж большим бы этим -- уж им бы показа-а-ла! Глаза бы так вот сощурить: "Целовалась? Да, целовалась. Да, хочу вот -- и буду, и все..."

А потом бы уйти и жить с Колей. И с рабочими. И вот, вечером они собираются на заговор в нашей комнате. "А-а, вы, стало быть, его жена?" -- "Да, я жена".-- "Ну, значит, мы при вас можем..." И очень хорошо и весело.

...А их еще больше. Схватили ее за руки -- и через все комнаты. Только лампу у папы не разбили бы в кабинете. Трах, готово! Ну, вот, ну, вот! Господи, ведь говорила же! Вот и сиди в теми.

-- В теми. Посадили, так и есть -- посадили в гимназический подвал. Вот, ведь всегда боялась мимо ходить.

И теперь так далеко -- голоса сверху:

-- Настюша! Настюшенька!

"Это няня. Милая, няня, я тут, спаси же меня, я тут..."

-- Настюшенька-а! Да ты что же это? Наплакалась -- да и заснула, милуша?

Милая няня -- обнять бы: спасла от страшного сна. Но за нянькой -- мать. Всю ужасную свою жизнь вспомнила Настя, от няньки отвернулась.

-- И вовсе не спала, оставь, пожалуйста.

Нянька на столик у кровати поставила тарелки: обед. Такое уж положенье -- наказанным холодный обед.

-- Ешь,-- говорит мать,-- нечего фордыбачить-то.

-- Напрасно беспокоились. И не подумаю.

-- Ну, была бы честь предложена. Катерина, уноси.

Сокрушенно качая головой, нянька уносит тарелки обратно.

А есть -- Насте хочется до того, что... Ну, хоть бы хлеба корочку! Настя кричит вдогонку:

-- Постой, постой-ка, вот что...-- проглотила слюну, еле-еле одолела себя, но одолела.-- Нет, я не то, не хочу. Я... да, врт что: принеси мне книги, нянька, в ремнях которые, ну, да -- в передней.

Ведь вот еще дело-то какое: вызвалась завтра Настя

поправляться по истории, завтра последний день. А какая уж тебе тут учеба, когда одно в голове: поедет мать -- и скажет директору, поедет -- и скажет. И тогда...

Перевертывает Настя страницу. А что, бишь, это было -- о чем на той-то? Как будто и не читала. Только всего и вспоминается: внизу страницы, в уголку, треугольник нарисован, в треугольнике -- глаза и рот, и приделаны удивительные усы.

Мать сидит тут же в кресле, с закрытыми глазами. Вот вынула синий флакон, нюхает, морщится.

"Мигрень, ага? Так тебе и надо, так и надо! Это за то, что..."

И вдруг роняет Настя книгу -- снизу звонко кличет голос:

-- Настя, вы тут, а? Идите -- в крокет играть. Тишь. Слышит Настя -- бьет сердце в набат. Не шевельнется.

-- Да идите же! Ну, чего, в самом деле, не притворятесь, я же видал вас в окне.

Колыхнул занавеску ветер вечерний. Нет, нет, не надо туда, не глядеть... Ухватилась Настя в книге за чужое, колючее какое-то, слово. Верцингеторикс, Верцингеторикс. Десять, двадцать, сорок Верцингеториксов. А снизу:

-- Вы даже говорить не хотите? Ну, я в последний раз...

"Коля, милый, да хочу же. Коля, хочу!" -- кричит Настя неслышно. И опять: Верцингеторикс, Верцингеторикс, Верцингеторикс.

Еще минуту -- еще минуту глядит Коля снизу в окно. А-а... Она молчит? Значит, все это и что утром нынче было, все -- фикция? Ну, хорошо же, ну хорошо!

Хохочет Коля нарочно громко и идет к красному колу, к Варюше. Очень уж курбастенькая она, Варюша,-- тумбочка, правда. Все равно, пусть.

-- Будем, Варюша, с вами играть. Не вечно же быть врагами. Да и кроме того, от ненависти ведь один только шаг до...

Заливается на верхах курбастенькая Варюша, смеется Коля. Играют. Все -- слышно -- все до капельки слышно наверху.

"Ему все равно, ему весело. Верцингеторикс, Верцингеторикс. Все кончено, все".

Солнце ушло. Небо -- пустое, конца нет пустоте. Темно веет ветер закатный.

Перед уходом -- мать зажгла лампу: кончен день. Но не радует Настю и материн уход: ведь кончен же апрельский светлый день, кончен!

И страшнее всего: сейчас велит лошадь запречь, поедет мать к директору реальному... Ну как же теперь, как?

-- Ко-оля, Ко-оля!

Никого на дворе. В потухающее небо врезана черная, голая еще ветка. И такая печаль от ветки этой, что хочется Насте...

Но справа из-за угла -- веселый визг. Да, это она, курбастая, а за нею... А за нею -- вдогонку -- Коля. Ой, зачем же он, зачем он?

Догнал, ухватил -- и туда, под темный навес -- и... Под навесом темно.

Чуть-чуть вот нажмет еще Настя зубы -- и кажется, хрупнут, и рот будет полон жемчужных крох.

"Теперь надо... теперь уж пора, все равно".

Глянула Настя вниз. Так близко белеют плиты. Страшно, в-в-в... И жаль. Чего? Себя? Или ясной весны?

Все равно. Это надо. Ну, подождать, пока стемнеет. И еще сказать сначала ему, предупредить, что мать...

И тихим, сломленным голосом Настя зовет:

-- Коля!

Не сразу, нарочно-лениво, подходит он к окну.

-- Вы? Ах, вы, Настя? Я задержал вас, простите, мы... мы играем.

Крепче держится Настя за подоконник.

-- Я ничего, Коля -- я только... Ведь мать сейчас поедет... Она хотела сказать вашему директору про сегодняшнее утро.

И теплится Настя: "Вот, услышит он сейчас: утро -- и вспомнит, и все будет..."

-- Сегодняшнее утро? Вот пустяки-то! -- Коля смеется. "Пустяки? Господи, это пустяки!"

-- А ваша мать с мопсом уехала, я видал. Ни к какому, значит, не к директору, а кататься. С мопсом-то -- к директору? Хо!

Настя задернула занавеску. Стыд-стыд -- стыд! И хуже всего, что мать -- с мопсом...

Но смиряет себя: теперь, как перед причастием, надо простить. И его тоже. Потом -- подождать, пока совсем стемнеет...

И стоя за занавеской -- Настя шепчет:

-- Милый Коля, я тебя прощаю. Господи, помоги простить, помоги все простить!

Драгоценная, прозрачная, спускается ночь за окном, тонкая, гнется, тонкая -- без теней, без шепота листьев. Нежнозеленая трава затуманивается грустью, чуть-чуть лиловеет. Страшно деревьям шевельнуться: не поцарапать бы голою веткой прозрачное небо. В сумраке улицы где-то мальчишки кричат звонкими голосами, доигрывают в бабки на просохшей за день дорожке, приглядываются к чуть видным, белым на земле и звенят битками. На минуту замолкли -- и совсем тихо, прозрачно.

И останавливаются на улице двое идущих под руку. Неведомо, кто они: в апрельскую ночь мало ли бродит околдованных? Останавливаются двое неведомых: сил нету дальше идти -- так хорошо. Смотрят на белые, далекой зарей чуть алеющие дома с раскрытыми окнами. Сил нет: садятся наземь, проводят по траве ненароком -- и вот мокрые руки -- в апрельской росе. Так хорошо приложить к горячим щекам...

Неясно и нежно зовет мальчика ночь. Выходит из дому,-- там зажгли уж огни. Вдыхает отраву апрельских рос. Минутку стоит так, пьянея. Протирает застланные странным туманом глаза, бежит к Настиному окну, спотыкается, протягивает вверх руки и зовет, ему кажется -- один он и слышит:

-- Настя! Настя же!

Настя вздрагивает, поднимается с подушки.

-- Настя. Вот, я стану на колени, хочешь? Я стал. Только не молчи, не молчи. Ведь я тебя лю-люблю... А то, что я сделал.

Снова жить -- бросилась Настя к окну. Хлынула теплая волна слез, затопила.

-- Мама меня... И вы -- и вы -- еще... А мне завтра попра... поправляться...

И катятся между пальцев -- катятся драгоценным жемчугом слезы, падают вниз.

-- Настя! Милая! Вот, ведь я знаю, знаю же, если бы я был с тобой, ты бы простила, ведь я бы тебя, ведь я бы... не знаю что!

Где-то сзади открыли окно, глядят и смеются. Ну и пусть, ничего сейчас не стыдно, все для Коли -- фикция, и не встанет он с белеющих каменных плит.

Со слезами Настя мешает смех, вся нагибается из окна вниз, протягивает руки:

-- Милый мой... Нет, не достану, не могу тебя достать!

Секунду молчит. Увидела: наклонились сверху над ней неяркие, весенние звезды. Обрадовалась, вспомнила:

-- Коля, а ты знаешь? Ведь я хотела за тебя броситься вниз,

вот сюда. Теперь бы уж бросилась. Звезды, погляди...

Из открытого напротив окна -- смеются. Ах, пусть смеются: они не понимают, большие, не могут, бедные, понять.

1912

Непутёвый

1

Петра Петровича все до единого по имени-отчеству величают, а Сеню -- хоть бы раз для потехи Семен Иванычем кто назвал, хоть какой бы нибудь студент завалящий. Нет: Сеня, да и только. Бывает, иной раз заершится он:

-- Какой я вам Сеня? Почему он Петр Петрович, а я Сеня?

-- Да так уж вот -- Сеня.

Смеются: взаправду-то разве может сердиться Сеня?

Сеня и Петр Петрович -- все вместе да вместе, друзья неразлучные, водой не разольешь. Дивятся на них: как будто Петр Петрович,-- человек степенный, положительный. И откуда у него дружба с Сеней пошла?

А вот откуда. Шел Петр Петрович на Балчуг, домой, шел потихоньку под кремлевскими стенами. Тени узорчатые от зубцов, башни боярами степенными наверху дремлют, и у всякой-то крещеное свое имя: Водовзводная, Тайницкая, Кутафья, Набатная, Спасская. Страсть как башни эти Петр Петрович любил. Замечтался, ночь на исходе розовая, свежая -- май.

И вдруг -- вздрогнул даже -- голос какой-то сверху:

-- Коллега, коллега!

Огляделся Петр Петрович -- площадь пустая, городовой дремлет. Эка,-- думает,-- наяву притчиться стало. А голос этот опять:

-- Коллега, да я тут, постойте!

Глянул наверх Петр Петрович -- да так вот и ахнул... Батюшки мои, это он на стену кремлевскую залез каким-то манером и оттуда:

-- Извините,-- говорит,-- коллега, я задержал вас. Но мне здесь одному скучно. И к тому же я в приподнятом, так сказать, настроении: острое отравление алкоголем. Кругом -- ночь, красотища, говорить хочется, понимаете -- говорить...

-- Да погодите: забрались-то вы туда как?

-- Э, компания тут нас была. В веселом состоянии. Ну, пари пустяковое... Да не в этом дело, а в том, что назад-то слезть я никак не могу. Веревку унесли, подлецы!

Сидит себе там посредь двух зубцов, разговаривает и ножки вниз свесил. Чудно невтерпеж стало, захохотал Петр Петрович во всю глотку. А тот сверху -- в ответ.

Должно быть, от смеху этого ихнего городовой проснулся. Видит -- непорядок. А поди-ка его, непорядок-то, сверху ссади. Потеха! Булочники, газетчики ранние, мальчишки, дворники, лестницы. Переправили, наконец, раба Божия, на твердую землю. А с твердой земли -- первым делом, конечно, в участок.

В участке и оказался он -- Сеня Бабушкин, студент первого курса.

-- Да факультета какого, факультета? -- добивался пристав.

-- Пишите -- вообще, мол, первого курса. Потому что некогда поступил я на математический, потом на медицинский перешел, на естественный, а теперь вот на юридический собираюсь,-- опять же на первый курс.

Смеялся пристав, смеялся и Сеня. Запротоколили и Петра Петровича за компанию. Просидели оба в участке до полдня -- и вышли оттуда друзьями неразлучными.

-- Обязательно вспрыснуть надо,-- порешил Сеня.

Зашли в трактир "Муравей" на Солянке. Петр Петрович -- что ж, Петр Петрович -- все в меру, а Сеня так вспрыснул, что опять в участок чуть не вернулся. Уж городовой к нему подошел:

-- Господин... Пожалте, господин. Господин, а господин!

Но Сеня, по случаю заключенного с Петром Петровичем нерушимого союза, был полон любви к человекам. Обнял Сеня городового и к груди крепко прижал:

-- Гар-р-давой, милай! Ты пойми, ми-илай... Сконфузился городовой: как человека на цугундер тащить, когда он в объятиях тебя держит? Высвободился полегоньку, стал опять на посту -- будто Сени и не приметил.

А Петр Петрович Сеню до дома довел, раздел, уложил, за нашатырным спиртом сбегал. Вот откуда их дружба пошла.

2

В эту пору жил Сеня на Садовниках, у брата своего Архипа Иваныча.

Архип Иваныч в прежние годы в ссылке даже был -- в Шенкурске, лет пять, там, что ли. Ну, а теперь пообкорналось радикальство это его. Служил себе по судебной части, бачки отпустил, мешки завел чиновничьи под глазами. Ну, и провались ты совсем: чинуша, так чинушей и будь. А то нет: либеральничает, в кармане кукиш кажет, и Сеню, братца любезного, поедом ест.

-- И что-де ныне за молодые люди пошли? Никакого интереса к общественной жизни. Взял бы что-нибудь у меня в книжном шкафу... А то нашел -- Мопассана, уж действительно! И понятно, что пойдешь потом шлындать по кабакам...

За это пиленье Сеня его терпеть не мог. Даром, что был Архип Иваныч для Сени кормильцем-поильцем, и жил у него Сеня без всякой заботы. Но по своей веселости да легкости душевной -- Сеня ни во что ставил земные разные эти блага. И не то, чтобы Архипу Иванычу -- благодетелю увагу какую-нибудь сделать, а прямо сказать -- спуску ему не давал. Ну, и были они потому всегда на ножах.

Зимою, к Новому году -- получил Архип Иваныч орден Станислава какой-то там степени. И доволен такой-сякой донельзя, должно быть, в душе-то. А снаружи -- корчит кислую мину, фасон держит. Сене строго-настрого заказал:

-- Ты уж, пожалуйста, не распускай язык про эту чертовину (на Станислава кажет). Подумают, набивался, прислуживался. И не такая, вообще, моя репутация. Я в Шенкурске пять лет...

Ладно. А у Сени в ту пору приятель завелся, с Рязанской дороги машинист. Повез Сеню машинист катать на три дня, под самый под Саратов. Сборы, по обычаю, у Сени короткие: машиниста этого на улице встретил,-- "Поедем?" -- "Поедем",-- и все. Ну, вот с дороги брату письмо и пишет: так, мол, и так, не сокрушайся, в субботу приеду. В конверт, а на конверте адрес: Архипу Иванычу Бабушкину, кавалеру Станислава такой-то степени.

Архип Иваныч утром письма перебирает, видит: на конверте рука разгильдяйская -- Сенькина. Бросил конверт небрежно, не читая. Взял письмо.

-- А, гм-м-а (хлеб с маслом жует), уехать изволил? Оч-чень приятно.

Выходит Архип Иваныч из дома, на службу торопится, часы вынул. Глядь -- швейцар дорогу загородил, низко кланяется.

-- А? Что такое?

-- Честь имею, вашескородие... Как изволили получить орден...

Как индюк, покраснел, забормотал Архип мой Иваныч. А делать нечего -- вынул целковый. "И откуда,-- думает,-- он, подлец, проведал? Швейцары эти..."

Пришел со службы домой, сел Архип Иваныч обедать. Голоден -- как собака. Только это рюмку выпил, закусить хотел -- в дверь стучат.

-- Кто там?

Вваливаются, у притолоки стали дворник и почтальон, который утром письмо Сенино приносил.

-- Дозвольте поздравить, Архип Иваныч, с орденом вас...

Ну-у... Как тут вскочил Архип Иваныч, как ногами затопает.

-- Хамы! Вон пошли! Получил -- ну, получил, а вам какое дело?

Выругался национально и даже бросил обедать. И так этим происшествием Сеня братца расстроил, что вышел тут конец терпенью Архип-Иванычеву. Поговорил он крупно с Сеней -- и распрощался с ним.

-- Вот,-- говорит,-- тебе Бог, вот порог. Поди-ка,-- говорит,-- укуси кузькину мать, попробуй-ка себя сам кормить.

3

И стал Сеня жить, как птица небесная. Сначала еще ничего шло: тут займет, там займет -- приятелей-то у него хоть пруд пруди. И у кого же язык повернется отказать такому душевному человеку, как Сеня?

А вот-таки нашелся такой, отказал Сене. И так это Сеню оглоушило, что наотрез порешил больше взаймы уж не брать. Знает Петр Петрович -- другой уж день не обедал Сенька, сует ему деньги в зубы: не берет, не хочу, да и только.

Стал себе малый работу искать. Занялся, перво-наперво, конечно, уроками. И смех и грех один только. То, глядишь, ученика папиросами угощать стал -- конечно, отставка. То два дня на урок не являлся -- пропивал в трактире с хорошими человеками взятые вперед деньги. А то вдруг оказывается -- за неподходящие разговоры отказали. Придет, Петру Петровичу жалуется. Петру Петровичу удивительно:

-- Какие ж это такие -- неподходящие?

-- Да рассказал ученик-то, как они мышей выпускали из парт на Законе Божием. А я ему говорю: это что -- мышей, воробьев парочку выпустить -- это вот так! А он возьми да правда и сделай...

Не выгорает с уроками, как ни верти.

-- Ну, стало быть, надо,-- порешил Сеня,-- физическим трудом заняться.

Кстати тут вышло -- заболел в околотке фонарщик, старый Сенин приятель. Две недели Сеня ходил вместо фонарщика, за половинную плату. Идет, это, вечером в фонарщиковом дипломате, в треухе заячьем -- никому и в голову не взбредет, что студент.

Было -- и кончилось благополучие. Выздоровел фонарщик, опять на мели Сеня. Из комнаты Сеню за неплатеж протурили. Забрал он чемоданчик свой, приехал к Петру Петровичу -- другу.

-- Я переночевать к тебе. Пустишь?

Ну, как не пустить.

Сегодня да завтра -- так у Петра Петровича и осел. Уходит Петр Петрович в столовую обедать, Сеню с собой зовет:

-- Брось ты глупить-то, пойдем.

Ни за что: "Это, стало быть,-- опять взаймы?" Останется один. Меряет, меряет ногами комнату, а голодный червяк сосет -- и пойдет он на кухню к Анисье-кухарке.

Анисья, милая этакая толстомордая баба подмосковная, души в Сене не чаяла. Как они в кухне вдвоем -- такое у них веселье идет, такие смехи да рассказы. И нет-нет да подкармливала баба Сеню. Ну, щец там плеснет, каши гречишной, хлеба даст. Кормит, а сама любя отчитывает Сеню:

-- Эх, непутевый ты, милый, пра, непутевешшай. А какой бы из тебя мужик хороший вышел, кабы только да секли тебя мальчонкой...

И верно -- непутевый.

Думал Сеня -- думал, как бы деньгу зашибить,-- и вот наконец, удумал. Подкатился к Петру Петровичу:

-- Дай пять рублей, голубчик.

-- Пя-ать? Видишь у самого вот -- пять да три -- восемь. Да тебе столько зачем?

-- Не скажу. Дай. Я скоро вернусь.

"Ну, черт с ним, должно быть и впрямь -- дело не шутка, коли денег взаймы просит". Дал Петр Петрович синенькую.

Час-другой: нету Сени. У окошка -- глядь-поглядь Петр Петрович: нету. Вон, дама с коньками идет. Гимназисты бегут с уроков. Обоз какой-то с ящиками, этажерками, ширмочками.

Глядит Петр Петрович -- завернул обоз к их воротам. И Сеня впереди шествует. Что за черт?

Шум, грохот, полкомнаты рухлядью заставили. Распоряжается Сеня, веселый.

-- Это,-- говорит,-- я выжигать буду. Видишь, вот: у девицы знакомой аппарат взял. Ты, брат, не думай, это очень выгодно -- прикладные-то искусства. Продам я это -- плохо-плохо за пятнадцать. А купил за пять.

"Ах, черт тебя возьми -- выжигать",-- вот как Петру Петровичу досадно. "А что мы есть-то будем, когда осталось на руках три рубля, и до первого неоткуда взять".

Так и перебивались до первого чаем да ситным. Петр Петрович дулся. А Сеня -- выжигал, портил, пахло паленым деревом. Половину все-таки сделал -- и, правду сказать, недурно. Доволен.

-- Ну, иди теперь... Продавай за пятнадцать,-- поглядел Петр Петрович язвительно этак... Сеня сконфузился:

-- А ку-куда же продавать? Я не продавал никогда. Я не знаю...

Вот и делай с ним, что хочешь. Всерьез и сердиться на него нельзя. Посмеялся Петр Петрович, да и только.

4

И ничего ведь такого как будто в Сене и не было. Да что ж, пожалуй, некрасив даже: так, курносенький, бородка мягкая, золотая. А вот -- мягкость эта самая в лице во всем и в глазах... Так вот -- денек летний, нежаркий, в костромской, скажем, где-нибудь деревушке: выглянет солнце -- и спрячется солнце, бубенчики на овцах, пыль на дороге от веселой телеги поднялась -- и не падает, золотеет. Не иначе, как мягкость влекла эта самая -- любили его, даром что непутевый был. Пол-Москвы у него друзей и приятелей было. А уж на особицу двое: игумен -- это один, а хозяин пивнушки на Бронной -- это другой.

Если в праздничный день Сеня спозарань поднялся, вопреки естеству своему -- так это, значит, он идет в монастырь к обедне. И столь это бывало поучительное зрелище, что шли целой компанией глядеть. Станут себе в сторонке, чтобы своим нечестивым поведением Сеню не оконфузить. А Сеня стоит -- воды не замутит, отбивает поклоны, где надо -- главу преклоняет.

И вот, наконец, торжественный момент: выходит монашек из алтаря и на тарелке Сене просвирку подает с поклоном. Сеня благочестиво целует просвирку и прячет в карман... А монашек ему почтительно:

-- Отец игумен вас к трапезе просили пожаловать.

Ну, тут уж удержу нет: бегут всей компанией наружу, на паперть, высмеиваются тут досыта. И голову ломают: как это Сеня, беспутник, безбожник -- к игумену в милость попал? На чем это столковались они? Разве это вот, что всякую старину Сеня любил: церкви древние, лампады под праздник, книги в старых кожаных переплетах -- минеи, триоди да цветники-изборники отеческие. Пение любил церковное, распевы всякие знал -- и знаменный, и печерский и по крюкам пел. Вот это разве?

Придворная Сенина пивнушка была на Малой Бронной. Уже все это знали и, коли кому занадобится,-- первым долгом туда. И ошибались редко.

Пивнушка -- так себе, захудалая, третьеразрядная. Но битком набита всегда -- на таком уж бойком месте поставлена. И что за народ: извозчики, странники, девицы гулящие, господа в опорках с Хитровки. Галдеж, дымок серый от курева и от сапог, в тепле сохнущих. Граммофон визжит.

Любят здесь Сеню. Со всеми он разговор знает: с извозчиком о самоновейшей мази от подседа из травы горечавки; со странником -- о том, как в келье живет-спасается медведь Серафима Саровского; с босяком -- просто сотку не побрезгует -- разопьет.

А пуще всех любит Сеню -- хозяин сам. Не то из раскольников, не то из сектантов старик. Сядут где-нибудь за столиком в дальнем углу, головы руками подопрут, лица у обоих строгие станут -- и о божественном сомневаются:

-- Как же, мол, брак-то? Таинство, а беги от него, как от скверны -- церковники-то учат? От других небось таинств не бегают...

А то развернут календарь Гатцука, пальцем начнут водить: христиан православных на всем белом свете -- столько-то миллионов, неправославных -- столько-то, язычников -- столько-то.

Старик хозяин берет счеты, щелкает костяшками:

-- Ну, пущай из православных -- пятьдесят на сто в рай идет.

Ну, а на всех разложить -- выходит один на четыреста в рай, так ай нет? Один в рай -- четыреста в ад... Как же это он, Бог-то? Как, правда, а?

5

И ведь вот, не верит Сеня, конечно: какой там, к черту, ад у него. А сидит со стариком вот так и головою качает печально -- не притворяется. Какие-то будто две половинки в нем: одной половинкой, которая четырех факультетов вкусила, не верит, а другой, которая к стенам кремлевским да к церквам старым привержена -- верит.

И со стариком, в пивнушке -- один Сеня разговаривает, а с Петром Петровичем -- другой совсем. Тут он -- с этакой усмешкой, кто его знает над чем, с вывертами всякими.

Петр Петрович -- человек положительный, ему, глядишь, завтра надо на урок идти, а то в университет. А Сеня по обычаю всех таких разговорщиков русских -- обязательно по ночам разговоры заводит. Днем ничего, все как следует. А только добрые люди спать полегли -- Сеня папиросу закурит, подсядет к Петру Петровичу на кровать, рукой за талию обнимет -- и пошел, и пошел. И чаще всего о любви разговор заводил -- специальные у него на этот счет теории были.

-- Э, что там, просто ты циник,-- рукой махнет Петр Петрович.-- Никаких идеалов на этот счет у тебя нету.

Этого только Сене и надо:

-- Идеал желаешь. Пожалуйста. Согласен. Непременно у каждого из нас должен быть и есть свой идеал женщины. По-моему, совершенно инстинктивный, физиологический. А ты, коли хочешь, можешь к физиологическому и духовный пристегнуть: мой силлогизм уцелеет. Ну, идеал сиречь недостижимое. Сиречь -- решение уравнения может быть только приближенное. И конечно -- таких приближенных решений в большом городе и при моих, скажем, знакомствах -- можно найти эн плюс единица. Почему же это, скажи мне на милость, должен я эн отбросить и при единице остаться? Когда все решения -- приближенные и разнятся только степенью приближения? Уж коли ты, мой милый, идеалист -- так ищи решения наиболее точного, стало быть, перепробуй возможно больше приближенных. Вероятность попасть на решение наиболее точное... Да ты с теорией вероятностей-то знаком?

Часам этак к трем -- Петр Петрович уж дремлет и репликами Сеню больше не подзадоривает. И тогда просыпается другая половинка Сенина -- впадает он в сентименты и начинает мечтать о семейном счастье.

-- ...И вот, брат, я совершенно представляю себе, что станет священной даже вся обыденщина эта: комната утром, всякие принадлежности туалета разбросаны, вода от умыванья вечернего. Ведь это все ризы, в которых...

"Ах черт, четыре уж скоро, какие там ризы",-- слипаются глаза у Петра Петровича, и слышит сквозь сон:

-- ...Беседка с плющом, понимаешь, чтоб продувал, и она в капоте, и животик круглится...

От изумления проснется Петр Петрович, распялит глаза и смотрит: да, Сеня. Вздыхает Петр Петрович: он ли? Да, он самый, Сеня. И удивится вслух:

-- Ведь вот какие неожиданные бациллы иногда таятся в человеке под спудом. Кто бы подумал... Сеня конфузится:

-- А, поди ты к черту! Тебе пошути -- а ты и поверил...-- и ложится спать.

6

Сеня читал вслух Петру Петровичу:

-- "Филарет Филаретович и Меропея Ивановна просят пожаловать на бал и вечерний стол по случаю именинного дня дочери их Кипы..."

-- Кипы?

-- Капитолины. Этакая, скажу я тебе, девица... Ну, да сам увидишь. Пойдешь?

Сеня там всего один раз был, Петр Петрович -- ни разу. А впрочем...

-- Ужин будет?

-- Дура. Тебе сказано: вечерний стол. До отвалу кормят, как на зарез.

-- Ну, ладно. Пойду...-- Петр Петрович покушать любил.

"Бал и вечерний стол". Растревожили всю мебель в зальце, повытаскали, и видны даже еще следы на полу: мирно спал здесь лет десять какой-нибудь ихтиозавр-диван. Растерянно горит люстра. Кругленькие, маленькие катаются по полу папенька с маменькой.

-- Пожалте, гости дорогие, пожалте. А это вот -- дочка наша -- Кипа.

Кипа -- вся в бантиках, рюшках, оборочках, хохолок на лбу -- курочка-брамапутра. А Сеня, как увидал брамапутру -- так к ней и прилип, не отходит ни на шаг.

Разложили зеленые столы. Кряхтя уселись почтенные гости в длинных сюртуках, в наколках кружевных: а ну-ка, господа, вспомним старину -- в стуколку стукнем?

В зальце стая кавалеров и барышень. У изразцовой печи стоят кучкой кавалеры -- как отбившиеся от стада овцы. А барышни сидят по стульям у стеночки, улыбаются примерзшей бальной улыбкой, шепчутся.

Пришла таперша, глухая, два пальца у ней желтые, все прокурены. Выкурила папироску, села за рояль -- и пошла в зальце кулиберда.

Петр Петрович степенно стоял в дверях, смотрел на Сеню и на курочку-брамапутру. И неспокойно у него на сердце было: ох, уж очень что-то бойчится Сеня-то, кабы чего не вышло!

Ужинать позвали. Глаза разбежались у Петра Петровича: закусок, закусок-то одних сколько. Хотел Петр Петрович подмигнуть: а ну-ка, брат Сеня... И видит вдруг -- Сени-то и нет за столом. Выскочил, побежал искать.

Были они в зале, Сеня и Кипа-брамапутра, в уголке за пальмой. Сеня -- почему-то очутился на полу, ерзал и старательно делал вид, будто искал что-то:

-- А-а... ч-черт, па-пиросу потерял... я сейчас. Поужинали. Подошел Сеня, сел на диван с Петром Петровичем рядом.

-- Уф... Да.

-- Ну что -- да? Говори уж.

-- Да, брат, что говорить-то: я ей сейчас предложение сделал. Вот тебе и здравствуй.

-- Врешь ты, ну тебя.

-- Какое там вру! Ей-Богу, и сам не знаю, так как-то, уж очень к слову пришлось. Теперь-то уж вижу...

-- Ну, а она?

-- А она: "Не знаю,-- говорит,-- подумаю, уж очень вы сразу как-то, я не могу так".

Еще бы не сразу: второй раз в почтенный дом Сеня пришел -- и вот тебе, одолжил.

Наутро Сеня Петра Петровича разбудил чем свет: на щетку плюет, сапоги чистит, тужурку новую вытащил.

"Куда он? С ума спятил",-- поглядел Петр Петрович и опять уснул.

К обеду вернулся Сеня. Смеется:

-- Кончено.

-- Что кончено-то?

-- Да это, вчерашнее. Был я у них. Вышла Кипа -- невеста моя богоданная. "Ну, что,-- говорю,-- думаете?" -- "Думаю",-- говорит. "Ну, мол, не думайте, не надо: я раздумал". Вот и все.

Посмеялся Петр Петрович, поругал-поучил Сеню. Да ему хоть кол на голове теши. Такой уж нрав у него -- от вида женского тает, как воск от лица огня. Не первая это у него невеста -- не последняя.

С одной невестой такой Сеня, должно быть, с год хороводился. Такая была хохотуша: засмеется -- серебро рассыпает. За смех и полюбил ее Сеня.

Был у хохотуши этой брат -- студент, была тетка, сухопарая такая, злющая. И что хуже всего -- была тетка весьма благочестива и до страсти к столоверчению привержена. Как вечер -- не с кем ей, она и засади хохотушу с собой за стол. Та в темноте сидит-сидит, да как фыркнет -- одно горе просто тетке с ней.

Когда Сеня приручился хорошенько к этому дому, стала тетка его за столик сажать. Ну, а Сеня что ж, Сене только бы рядом с хохотушей сидеть да млеть, Сеня доволен.

Раз в субботу уселись вчетвером: тетка, Сеня, невеста и Алешка, брат невестин. Руки зачем-то накрест надо было: левую -- направо, правую -- налево, и пальцами с соседом цепь составить. Уселись. Темно, тихо в комнате, слышно, как кровь колышется. Жуть, а вдруг правда что-нибудь этакое? Закрыл Сеня глаза, поплыли круги золотые. Вот где-то совсем близко, тут, на столике теплая рука хохотушина, вот только немного нагнуться -- темно ведь...

Круги золотые, темно, кровь колышется... Нагнулся Сеня, прижался губами к руке.

Ка-ак закричит Алешка, брат-то, благим матом, как вскочит:

-- Да ты это что же, Сенька, с ума спятил -- руку-то мне целуешь?

Хохотушка-невеста закатилась -- и не может -- не может -- никак не вздохнуть. Свет зажгли. Стоит Сеня...

Ну, больше, конечно, не ходил уж туда.

-- Руки эти самые накрест -- погубили меня, запутали,--

жаловался Петру Петровичу.

Погоревал-погоревал Сеня о хохотуше, да и забыл -- пошли новые. Была Мышка -- так Мышкой ее все и звали. Зубки такие беленькие да хорошенькие: целые дни Сеня искусанный весь ходил. А то была Кильдеева, силачка: полюбил ее Сеня за то, что положила она его на обе лопатки во французской борьбе. И была Таня -- маленькая такая, легонькая: уж очень хорошо на руки ее было поднять, с того дело и началось.

Маленькая, легонькая -- а вот никак не мог ее разлюбить Сеня. Жаловался Петру Петровичу.

-- Засела защепой во мне -- и не вытянуть, разве с мясом только.

7

На студенческой вечеринке забрались куда-то наверх, в далекую чертежку, и пристали к Сене: спой да спой костромскую какую-нибудь песнюшку. В другой бы раз Сеня ни за какие крендели перед публикой петь не стал. А тут, как выпивши малость был -- ладно.

Закрыл Сеня глаза, лицо как слепое сделал и запел в нос уныло нищенскую песню:

Ой вы, люди умные,
Вы люди уцёные,
Повествуйте нам,
Что есть двенадцать?
Двенадцать апостолов,
Одиннадцать без Июды,
Десять заповедей,
Девять цинов ангельских,
Столько же архангельских...

И дальше -- всю до конца песню пропел о числе святом, апостольском. Закричали, захлопали: еще, Сеня, еще! Но уже не мог Сеня больше.

В комнате плавал жаркий туман, дурманил голову. Сошел со стола Сеня, замешался в толпу.

И увидал неподалечку от себя -- барышню какую-то русскую, в кике, золотом шитой, в сарафане червонном. "Да как же это раньше я ее не приметил?"

Спросила Сеню барышня:

-- Как звать-то тебя, паренек? Больно уж хорошо ты поешь.

Словечком этим -- паренек -- вконец улестила Сеню. Пошел за ней, закружило его.

"Да, она это, она, о которой..."

Звали барышню ту -- Василисой Петровной. Родители у ней -- купцы московские, именитые. От старого благочестия почти вконец отреклись уж, всякие роскошества у себя завели, дворец вон какой на Остоженке закатили.

И в том дворце хранилось у них все древлее, от родительских родителей наследованное: иконы старые, истинные, с огромными черными глазами; парчовые покровцы, шитые в скитах серебром-жемчугом; ковши для браги, для меда, муромскими людьми из дерева резаны; столы, кресла мореного дуба -- с места не сдвинешь.

И посреди этого ходить ни в чем нельзя было Василисе, кроме как в сарафане да в кике. Да ни в чем ином и не ходила она, разве уж когда-когда.

Увидал ее Сеня здесь, обоймленную всем вот этим дедовским, пахнущим медом и ладаном, да так и прирос -- не оторваться.

Бродили они вдвоем по церквам, по московским закоулкам. Пыль поднимали у старьевщиков -- нет-нет, да, глядишь, и откопают какую-нибудь диковину. В ковровых санях, на тройке с колокольцами -- ездили на Воробьевы горы.

Так вот катались раз зимним вечером -- и вернулись на Остоженку к Василисину дворцу. Сели у ворот на скамеечке -- такая там каменная резная была. Смотрел Сеня, не отрываясь, в синие глаза Василисе.

Улыбнулась Василиса, тронула пальцем Сеню, против самого сердца -- и спросила:

-- Терем-теремок, кто в тебе живет?

Хотел Сеня крикнуть радостно -- кто, да осекя:

"А Таня-то как же? А Таня -- такая маленькая..."

И ничего не сказал он Василисе.

На другой день к Тане пришел. Положил ее голову себе на колени, гладил лицо. Рука у Сени дрожала, и таким горько-нежным переполнилось чем-то сердце, через край переливалось светлыми, как слезы, каплями.

Все без утайки рассказал ей.

-- Не знаю, не знаю, что со мной. Тянет меня к Василисе...

Танино лицо лежало у него на руках: почувствовал -- мокрыми стали руки. И какая же она маленькая, легонькая!

Поднял ее Сеня на руки.

-- Но ведь тебя-то я же люблю,-- знаю ведь, что люблю, вот как...

С улыбкой -- солнышко сквозь дождь -- сказала Таня:

-- Только меня не разлюби. А то как хочешь. Я тебя все равно буду так же любить...

8

Знал, конечно, все Петр Петрович. Никак не верил Сене:

-- Да ты хорошенько-то покопайся, глядишь -- и окажется по-человечески: одну какую-нибудь любишь. Ишь ты, выдумал: обеих зараз.

-- Да, обеих! А ты -- олух! Неужели не можешь понять, что Василису -- за свое, за Василисино, люблю, а Таню -- за Танино...

-- Гм. Что же ты -- наиболее точное решение все разыскиваешь, с обеими-то валандаешься?

-- Ах, милый мой, мне теперь не до шуток и не до теорий.

И все-таки никак этого переварить не мог Петр Петрович: как же это так -- обеих? Статочное ли дело? Вот леший-то непутевый...

-- Не кончится это добром,-- пугнул Петр Петрович.

-- Знаю, так что же? Знаем же мы, что жизнь -- смертью кончится непременно, а ведь -- живем же?

Что же тут скажешь?

Сеня решил обязательно показать Василису Петру Петровичу:

-- Ты вот погляди, голубчик, сам погляди -- да и говори тогда...

В конце святок, вечером, пришла Василиса в гости. Глаза синие, губы румяные, в косах снег серебром напорошился. Бросились вытряхать -- веселье, смех.

Принесла Василиса и святочное угощенье с собой, и посуду. Выложила деревянное блюдо, написано на нем вязью: "Хлеб-соль ешь, а правду режь"; на блюде -- смоквы, пастила, синий изюм, волошские орехи. Пошел пир горой.

-- А ну-ка, братцы, давайте гадать,-- затеяла Василиса.

-- А как, как?

-- Кольцо обручальное...

-- Да у кого у нас кольцо-то? Нету.

-- А не мешало бы кой-кому колечко иметь,-- подкузьмил Петр Петрович.

Смеялись, судили-рядили. Ну, коли под руками ничего нет, так хоть это вот: бумагу жечь да тени на стене разглядывать.

И только первый кусочек бумаги зажгли -- звонок.

-- Вот черта какого-то нелегкая принесла!

Вошла Таня. Сеня поспешно смял на тарелке черный пепел -- как будто это-то и было, что никак не должна видеть Таня. С усмешкой Василиса опустила на Сеню свой синий, стальной взгляд.

Сеня встряхнулся:

-- Ах да... позволь, Таня, представить тебе: Василиса Петровна, ты знаешь ведь. "Ты -- тебе",-- поняла Василиса. Сеня суетился. Зажег на тарелке новую бумажку.

-- Ну-ка, на тебя теперь, Таня, погадаем,-- ну-ка!

-- А на меня-то что ж? Мою-то бумажку вы смяли ведь,-- сказала весело Василиса -- очень весело.

-- Да, и правда, я и забыл...

Бумажка горела, колебалось пламя. Все смотрели на тень на стене.

-- Так на меня -- или на нее? -- спросила Василиса.

Сеня не ответил. На тени появилось из пепла чье-то рогатое лицо.

9

Василиса сказала:

-- Или я -- или она. И никаких разговоров.

Вернулся домой Сеня. Петр Петрович уж спал. Всю ночь Сеня ходил в темноте, ходил.

Утром написал письмо -- и разорвал. Написал -- и опять разорвал:

-- Ну, не могу я сам, не могу -- которой же, не знаю.

Ходил все по комнате, ходил. С синими, стальными глазами Василиса сильнее была, перетянула. Умолял Сеня Петра Петровича сходить к Тане:

-- Объясни ты ей, Христа ради... Ведь люблю я ее все так же... Не веришь? Ну что ж, все равно, не верь...

Как в омут, ринулся Сеня в любовь к Василисе, чтобы утопить ту, другую, такую маленькую, такую легонькую.

По-прежнему -- бродил он с Василисой по дворцу на Остоженке; целовал ее как бешеный; лежал на тканном старинными узорами ковре у ее кресла. По-прежнему -- одевал ее в тяжелые бабушкины робы, в наколки, чепцы -- отходил и издали любовался ею. Вместе читали, как и раньше -- страницы из синеватой толстой бумаги, с старомодным смешным шрифтом -- Ш из трех палочек.

Но не было уж рабочего Сенина смеха, такого звонкого, забыл Сеня песни петь костромские. Такой не нужен он был Василисе Петровне. Не любила осень -- любила она только лето с ярым солнцем.

Наказала Василиса Петровна Сене в театр за ней зайти, часов в восемь. Нарядилась в сарафан, в кику, стояла перед зеркалом, усмехалась: то-то потеха будет, как сядет она в ложе да как начнут на нее со всех сторон глаза пялить!

И случилось же так, что в этот день встретил Сеня старого своего приятеля костромского -- Сереньку.

-- Серенька, да неуж -- ты? Сколько лет, а? Господи...

Сидели в трактире, пили и молодость свою вспоминали:

-- Эх, было времечко!

Старые аглицкие часы в трактире -- бьют медленно, басом -- ровно соборный костромской колокол -- девять.

Услыхал -- остолбенел Сеня. Как угорелый вскочил, побежал, ни слова Сереньке не молвил, не простился -- побежал.

Примчался на Остоженку. Открыла ему девка-горничная дверь:

-- Нету Василисы Петровны дома. И завтра не будет.

Домой не пошел Сеня. Неведомо где -- пропадал ночь, вернулся только к утру. И такой пришел страшный, что думал Петр Петрович:

"Ну, пропал Сеня. Спятит с ума, ей-Богу, спятит".

Спятить не спятил. Но запил горькую -- хоть святых вон неси. Каждый день ночью приходит -- не в себе. Придет, тяжко сядет, голову на руки опустит...

-- Петр Петрович! Прости, ну, понимаешь, прости! Прости, говорю.

-- Да будет тебе, чего зря...

-- Нет, ты меня прости! Ну вот, хочешь -- на колени стану, хочешь?

И пока-то это уговорит его Петр Петрович, разденет да спать уложит. Ох, и зазнал уж он горя в те поры с Сеней: поди-ка, по кабакам побегай во всем околотке да разыщи его! А разыщешь -- поди-ка его, милого друга, из-за столика вытащи. Нейдет -- и шабаш. А тут еще и эти олухи царя небесного, которые с ним-то, дразнить его станут: "Что он тебе -- мамаша аль супружница? Какое такое его полное право,-- не ходи..."

Перестал Петр Петрович деньги давать Сене на пропой. А Сеня -- что ж? Обошел Анисью-кухарку каким-то манером: разжалобилась Анисья, вынимает из сундука деньги, дает. Сопьется, ох, сопьется малый...

10

Пришла осень. И поди, как всякая московская осень была и слякоть, и мга сырая, и дождичек меленький. А мерещилось -- всю осень один сплошной солнечный день был. И на улицах будто -- и Пасха, и масленица вместе. Флаги, народ ходит, поют, и все между собою родные. И кричать хочется -- кричать хочется во все горло -- от радости, от шири, от удали.

Как-то в октябре пришел Петр Петрович на митинг в университет. Глядит -- и глазам не верит: батюшки мои, да неужли ж правда? Стоит на кафедре Сеня, рука у него белым платком зачем-то повязана, глаза блестят, улыбается. И с толпой, со зверем этим, просто, как с приятелем, разговаривает.

-- Браво, Сеня, браво,-- хлопают, смеются как какой-то костромской прибаутке.

"Вот оно как: уж он у них -- Сеня",-- подивился Петр Петрович.

А Сеня уж протолкался, стал около, да и веселый же:

-- Эх, Петрович, чайку бы теперь лестно, а? Пойдем, что ли?

Шли втроем. Третий был узёмистый, сутулый, лохматый, в волосьях все лицо: как Исав.

-- Знакомьтесь,-- кивнул им Сеня.

Волосатый Исав мурныкнул что-то под нос. "Ка-ак?" -- ничего не понял Петр Петрович. Ну, да не переспрашивать же. Так и пошел с тех пор волосатый у Петра Петровича за Исава: Исав да Исав.

-- Это что же, вы, стало быть, Сеню в эсдеки-то сманили? -- покосился Петр Петрович на Исава.

-- Никого я не сманивал, и никакой не эсдек я. Говорил что-то Исав, а Петр Петрович дивился, как это такое -- говорит, а губы не разжимает. За волосьями, что ли, не видать? Исав говорил:

-- И как можно верить во что-нибудь? Я допускаю только -- и действую. Рабочая гипотеза, понимаете? Петр Петрович к Сене обернулся: ну, а ты?

-- Я-а? Да что ты, чтоб я... Да глаза бы мои не глядели на программы все ихние Слава Богу, в кои-то веки из берегов вышли, а они опять в берега вогнать хотят. По мне, уж половодье так половодье, вовсю, как на Волге. Правда или нет?

Исав буркнул что-то согласительно, не разжимая губ.

Не нравился Петру Петровичу волосатый Исав. Ну, авось не детей с ним крестить. Зато вот, слава Богу, Сеня пить совсем перестал. Да и зачем ему пить, когда он и так, без вина, вдосталь пьян?

Морозы пришли. Дни стали тихие, хрустальные, синие. Выстрелят -- хрусталь вдребезги, и осколочки тишины звенят, такие жутко-веселые. На улицах пусто. Разве отчаянный какой по улице пробежит: а ну-ка, мол, цел буду или...

Сеня целыми днями пропадал. К вечеру придет румяный, морозом от него весело этак пахнет.

-- А ты сидишь все, Петр Петрович? Чудак, да весело же, пойми, на улицах, весело: жизнь. Самые по мне живые люди теперь там. А-а, близки к смерти, говоришь,-- вот оттого они к смерти и близки, что самые живые...

Однажды Сеня не пришел домой ночевать. Ждал его, ждал Петр Петрович доздна: нету.

"Чтоб опять запьянствовал -- не может того быть, нет. А если нет, так..."

До конца боялся додумать. Спал плохо. Раным-рано побежал Сеню искать. И только на Никитскую свернул, глядь -- и Сеня навстречу. Ох, отлегло...

А Сеня -- веселый:

-- Всю ночь, брат ты мой, просидел с ними на Настасьинском переулке -- до семи утра. Проволока, ларьки, перины какие-то: смехота. Сидели-сидели, курицу заблудящую изловили. Иван там был, белобрысый, из солдат -- потешал нас все. "Чем, грит, курицу нам самим резать-трудиться, пущай уж они лучше",-- это солдаты то есть. Картуз свой на курицу напялил, выставил ее поверх -- а уж утро, светло. Цок-цок, цок,-- стащили курицу вниз: две пули. "Теперича,-- Иван говорит,-- не курица уж это, а дичь стреляная, прошу покорно -- есть проворно..."

Никогда Петр Петрович Сеню таким веселым, как в эти дни, не видал: так и кипело в нем, так и переливалось через край.

И другие дни настали: конец. Все прахом прошло. Дружинники веселые разбегаться стали: чего ж зря веселым помирать -- веселые еще пригодятся.

Каждый божий день теперь приходил Исав на ночевку, на свою-то квартиру ему и носу показать нельзя было. Не разжимая губ, мертво-спокойный Исав говорил:

-- Ну и что ж? Ну, и отступим. Но чтобы нас победили? Да разве мыслимо победить мысль?

Петр Петрович -- всегда за хозяйку -- устраивал и постель Исаву: подгромащивал три венских стула, клал на них ватное Сенино пальто. Исав, должно быть, виды видал, ко всему привык: только лег -- кувырь на бочок -- и завел уж сонную музыку...

А Сеня не спит. Встанет, на цыпочках, чтобы не слыхал никто, пойдет, папиросу набьет. Курит, лежит и думает, думает.

Четырнадцатого декабря ночью новый снег выпал. И день встал -- весь в белом. Небо белое, пуховое, близкое -- опять скоро снег пойдет. А по земле -- неведомый добр человек расстелил белую бумагу, и вот сейчас будут на ней, чистой, люди какую-то историю писать -- веселую или страшную.

Белый Настасьинский переулок перегорожен посреди самой дороги несуразной запрудой -- из фонарных столбов, из дров, из подушек, из снегу. И сидят за запрудой на скамеечках -- из снегу же самодельщина -- веселые те самые ребята, Исав с ними и Сеня.

С соседнего двора слышно: хек-хек-хек. Рубят дрова. Иван -- из солдат, белобрысый -- мечтает:

-- Ишь ты! Вот дровец нарубят, запалят, шти, дай-кось, в печь поставят... Хорошо -- с морозцу прийти, похлебать!

Ему не отвечают веселые ребята, задумались. И похоже, пришли они сюда в полушубках, рукавицах, в валенках -- пришли все десять просто снег сгребать, а подрядчика ихнего все нету еще -- сидят вот и ждут. Так просто!

К полудню по нехоженому снегу -- по белой бумаге --

наследили солдаты. Они не стреляли уж, как вчера, а медленно и упрямо шли. Во ста шагах от запруды стали. Офицер вытащил сабельку, крикнул. Солдаты трусцой -- трюх-трюх -- побежали.

Исав смотрел в окошечко, сложенное из поленьев.

-- Ну что ж, господа,-- сказал он мертво-спокойный,-- надо уходить теперь, что ж...

Веселые ребята пробежали два дома, юркнули в ворота -- и поминай, как звали.

Исав шел последний. Обернулся назад: Сеня сидел все там, у запруды, один, чернел на снегу, как ворон.

-- Будет глупить-то,-- крикнул сердито Исав.-- Какой смысл?

Сеня улыбнулся и помотал головой, молча.

Солдаты добежали до запруды -- и остановились: почему же это никто оттуда не стреляет? Дело что-то не чисто. Неохотно полезли через...

Вечером, как обыкновенно, Исав пришел на ночевку. Петр Петрович накинулся на него:

-- А Сеня где, а где Сеня? Я искал целый день...

-- Взяли,-- сказал Исав как будто не разжатыми губами.

-- Да как, Господи, как же это?

-- Сам виноват,-- слышалась у Исава мерзлая какая-то злость,-- двадцать раз убежать можно было. Все убежали, а он остался -- нате вам. Не понимаю. Бессмысленно, глупо, идиотство! Так бесцельно себя тратить,-- не понимаю!

Петр Петрович свирепо поглядел на него:

-- Не понимаете? Не удивляюсь. А я вот -- понимаю. Сам не сделаю, а понимаю.

Выбежал на двор. Сел на крыльце, на приступочках. Шел снежок -- тихий, вечерний, падал на лицо. Пощупал Петр Петрович: все лицо стало мокрое. От снега, что ли?

1913

Три дня

Солнце, песок, черномазые арабы, песок, верблюды, пальмы, песок, кактусы. Где-нибудь в другом месте не арабы, а турки, и опять -- солнце, верблюды, песок. Повсюду одинаково звонко, ослепительно-ярко. И вечный шелковый шум волн при переезде из порта в порт,-- этим шелком закутаны глаза, уши. Под конец совсем падаешь под тяжестью впечатлений, сквозь шелк все уже еле видно, еле слышно. Всякие разговоры начинаются с одного: "А вот, когда мы придем в Одессу..."

И наконец -- пришли. Солнце садится, значит -- опоздали: таможенный досмотр будет только завтра, а до тех пор на берег нельзя.

-- Полюбуйтесь-ка вот, издали. Близок локоток, а не укусишь,-- подхихикивает старший механик. Борода у него седая, длинная, как у Моисея-пророка; медленно ее поглаживает.

Шум улиц легко бежит к нам по воде. Золотеет над городом облако пыли. Вспыхнули красным верхушки наших мачт, стекла в иллюминаторах. Погасли. Темнеет.

Два белых военных судна -- резкие, вырезанные в синем полотне сумерек.

-- А эти военные -- зачем здесь?

-- Захотелось господам офицерам одесских девочек посмотреть, ну, вот и пришли...-- Это опять механик: он все знает, все и всегда. Берет бинокль, смотрит: -- Броненосец и миноноска, севастопольские,-- говорит он.

Мы спускаемся спать в каюты. Ночь наивная, тихая, обыкновенная, еще не подозревающая, что в ее темную глубину уже брошена искра, что она вот-вот заполыхает...

Утром -- чуть свет поднялась беготня на палубе, гвалт; таможенные пришли. С какими-то крючьями, как черти в аду, копаются. Обыкновенный, пыльный, потный плетется день. За обедом все торопятся: поскорей бы кончить -- и в город. На берегу успел побывать только седобородый механик: везде у него приятельства и знакомства, он исхитрился выбраться с утра, еще до таможенных. Теперь сидел и рассказывал всякие новости, были и небылицы.

-- Хе... Торчите вы тут и ничего не знаете! А там дела, там дела! Какие? А такие, что на броненосце на этом всех офицеров повыкидали за борт. Лейтенантик матроса у них ухлопал, ну и пошло писать... Думаете -- вру? Да подите вы к черту!

За столом улыбались: знали, любит старик удивить. Ну, пускай, пускай потешится...

После обеда поймал меня Григорий Васильич, машинист, затащил к себе в каюту, прикрыл дверь. На правой руке не было у него двух пальцев, всегда прятал руку, а сейчас забыл все: говорил, размахивал рукою, мелькали перед глазами култышки.

-- Слушьте: о н на Новом молу лежит. Факт. И народу туда идет -- тьма-тьмущая. Такое начинается, что я и не знаю... Слушьте, пойдемте, а?

Григорий Васильич -- человек положительный. Значит, и правда -- что-нибудь... Весело-тревожно начинает биться сердце.

Мы быстро идем по берегу по-над морем. Солнце на небе ярко празднует, ветер стих, на море взглянуть нельзя -- ослепнешь.

Переходим какие-то пути, спотыкаемся, свертываем по серой улице пакгаузов -- и вдруг попадаем неожиданно в поток людей, спускающихся сверху из города в порт. Что-то похожее на крестный ход: так много, такие разные. Панамы, босоногие ребятишки, солдаты, перчатки, шелковые зонтики, опорки, воротнички...

Идем. Чей-то голос сзади -- неуклюжий и медлительный:

-- Воны, черноморци, давишь говорыли, что к нам прыйдуть. Вот и прыйшли.

Я обернулся: рябой солдатик поучал своего товарища.

-- А офыцеров воны и не побили вовсе, тильки заперли. Я ж знаю. Я...

И нету: пропал в толпе. Мимо -- уж новые: студент и девица. Девица прижималась к студенту и, должно быть, вздрагивала.

-- "Потемкин",-- говорил студент,-- самый новый броненосец. Понимаешь, если он на самом деле -- так ведь это...

Наш "крестный ход" свернул на Новый мол. Здесь было ближе к какому-то неведомому центру и оттого тише, серьезней.

Около огромной горы деревянных ящиков стояли неподвижные фигуры, как будто сторожили.

-- Вы что тут? -- спросил Григорий Васильич.

-- А вот -- около водки. С монополькой ведь ящики-то: не дай Бог -- пронюхают! Мы от комитета.

На фонарь взгромоздился юноша в мягкой рубашке и черном пиджаке, глаза у него девичьи, синие. Поднял над толпой руку:

-- Товарищи! Этот день...

Его слушали. Голова кружилась от солнца, от людей, понять что-нибудь мешала неотвязная мысль, такая неподходящая: "Но ведь в черном пиджаке ему, должно быть, отчаянно жарко..."

В толпе прорубилась какая-то просека, уличка. По ней двигались вперед, к непонятной цели, проходили обратно. И во всем этом был свой странный порядок.

Пошли по этой живой уличке и мы с Григорием Васильичем. Вместе с медленными рядами двигались к голове мола. Вдруг впереди нас сбросили шапки. Стало совсем тихо и жутко.

-- Ох, да вот он, вот он, батюшка... Красавец-то какой лежит, как живенький! -- запричитала рядом баба в платке.

На самом конце мола на постланных флагах лежит матрос. Желтое, мертвое, спокойное лицо. Всегда страшные днем огоньки восковых свечей. Около -- говорят только шепотом. Два белых матроса, его товарищи, в изголовье. Сбоку, совсем близко, как сидела бы мать, сидит босяк -- опухшее, налитое лицо, лоб, перевязанный тряпкой. Босяк качает головой, морщится -- может быть, плачет.

Кто он, зачем?

Бросают деньги на тарелку возле покойника, отходят в сторону. Читаем издали приколотый к груди лежащего лист бумаги -- под солнцем очень белый. Видны только последние слова: "...за мою смерть".

Вдруг благоговейное молчание разрывается резким окриком:

-- Шапку долой, эй, ты!

На господина в котелке кричит один из матросов. И все, кто стоят поближе и слышат, тоже:

-- Эй, долой! Оглох, что ли?

Господин в котелке, криво улыбаясь, обнажает голову. Опять

тишина. Только баба в платке всхлипывает:

-- Красавец-то какой, батюшки, молодец-то... О, Господи!

Поливает сверху солнце. Желтые свечи, острый и желтый нос мертвеца, молитвенно, жутко... И должно быть -- такая же новая, необыкновенная стала сейчас вся Одесса.

По человеческой просеке, мимо солдат, шелковых зонтиков, мальчишек -- мы идем в город. Дерибасовская, Ришельевская... Нет, оказывается -- здесь все обычно: нарядные женщины, газетчики, продавщицы цветов, очень тихо и жарко.

-- Пить-то, пить-то как хочется. А ведь только вот сейчас и почуял,-- сказал Григорий Васильич. Сели за столик, пили, спешили кончить.

-- Слушьте: идем, а?

-- Идем.

Не нужно было говорить -- куда: куда же сейчас можно идти, как не туда, опять вниз, в порт?

Еще издали мы увидели -- шло волнами темное море голов -- и гудело:

-- А-а-э-э-э...

Бросали вверх шапки, махали руками. Уж можно теперь разобрать -- кричали тысячи голосов:

-- Е-а-едут, едут, е-э-э...

Мы ли протолкались, или нас вынесло -- но только оказались мы скоро у самой воды, на краю набережной. Теперь ясно было видно: от броненосца, резко белого, шел к берегу, к нам, как чайка -- легкий и острый -- катер. Вот уж можно разглядеть и белые голландки матросов и лица. Пристают.

-- Ур-рр-а-а-а-а! -- заревело сзади.

Нахлынули, бросились вперед, как бешеные лезли на плечи, куда-то вверх -- надрывались: ура-а-а!

Я оглянулся. Высокие железные столбы фонарей были увешаны людьми,-- как они взобрались в секунду? -- люди махали белым, в воздухе -- туча фуражек, шляп. Матросы на потемкинском катере раскрывали рты -- тоже, должно быть, кричали, их не было слышно.

Да, матросы, **те самые**, так близко, внизу. И почему-то отпечатывается навсегда физиономия одного -- такая лукавая хохлацкая рожа, со спущенными вниз светлыми льняными усами.

Хохол на катере влез на мостик и замахал рукою: чтобы затихли.

И так же, как он, замахали рукою десятки людей на набережной, вскакивали на тумбы, кричали: "Ти-и-и-ше, тише!" Удивительно: оно сейчас же утихло -- это раскачавшееся, напряженное людское море. Утихли, вставали на цыпочки -- услышать хоть одно слово. Все знали: то, что теперь услышат -- это будет решительное, страшное.

Матрос на потемкинском катере почесался и сказал:

-- Вот бы... это самое... Провьянт нам нужен. Провьянту принесли бы -- это вот да...

Так это было неожиданно-житейски, так просто. Засмеялись облегченно:

-- Провьянту им неси! Харчей, говорят...

Сразу матросы -- это мы все. Что ж, такие же люди: харчи вот нужны им. Правильно.

Катер слегка покачивало. Матросы придерживались багром за сваю. Из толпы очень быстро, как будто всю провизию носили с собой в карманах, начали подтаскивать к берегу кулечки картофеля, булки, колбасу, какие-то неизвестного содержания свертки. Бросали вниз, матросы ловко ловили.

-- Будет, будет, спасибо!

Опять влез на мостик хохол с опущенными усами, сложил руки рупором и закричал:

-- Братцы, солдатика бы нам теперь! С солдатом нам поговорить надо. Пехотного нам.

Зашевелились, потеснились, выперли кого-то вперед. Я узнал все того же самого рябого солдатика. Рябой подошел, прислонился пузом к перилам и неповоротливым, медленным своим языком начал переговоры, отнюдь не стесняясь присутствием публики.

-- Воны побижалы за епутатом нашим, у казарми. Так я усе ровно вам можу сказать...

-- Ну, что у вас, братцы, как? -- это снизу, с катера.

-- Да что ж, розно. Наши-то сгодятся... А вот такие-то -- хай им черт -- сукины сыни...

Солдат называл какие-то полки, казармы, орал, чтобы внизу было слышно. И снизу в ответ тоже орали. А кругом слушали. Так это все просто.

Запыхтела машина на катере, матросы замахали бескозырками:

-- Прощайте, братцы. Спасибо!

Опять -- ура, дикий, восторженный рев, повисшие на фонарях люди, взлетевшие вверх шапки.

Мы с Григорием Васильичем не существовали: нас носило куда-то вправо и влево, выбрасывало к перилам, втягивало опять в самую гущу. Толпа двигалась, переливалась, шла волнами. Почти видимая глазом -- над людьми оплотнела тучей напряженная восторженность -- и ждала как-то, чем-то пролиться. Опять завиднелись ораторы там и сям. Но этого было теперь уже мало, это было не то, туча все росла, сгущалась.

И вот, где-то слева, всплеснуло новое ура. Катится, растет, как первая волна в шторм, ее уж догоняет другая, третья. Уже ничего не слышно -- только штормовой, восторженный рев, и с этим ревом сплетается прерывистый, набатный, жутко-веселый голос пароходного гудка.

Совсем уже около Нового мола виден огромный черный пароход: его тащит на буксире потемкинская миноноска. Пароход полон людей. На мостике красные флаги, десятки рабочих. Все машут шапками, приветствуют берег гудками. А берег мечется и бешено, исступленно кричит: ура.

Какие-то сведущие люди объясняют, что "Потемкину" нужен был уголь. "Ну, вот -- пришла эта самая потемкинская миноноска, взяла на буксир угольщика и потащила: угольщик что ж может против миноноски? Теперь "Потемкин" с углем -- теперь наше дело-вира!"

Пароход ушел. Шесть часов. Солнце печет из последних сил. Люди задыхаются, из последних сил ждут -- что-то еще должно случиться, должно!

Мы с Григорием Васильичем вернулись на пароход ужинать. Так странно было сидеть в тихой и уютной кают-компании, когда там -- на берегу... Да, Бог знает, что там: там может быть теперь самое неожиданное, самое удивительное...

Садилось солнце, красное, дикое, немое. Мы опять подходили к Новому молу. Какие-то крики... Нет, не такие: раньше были -- как ливень, как лес. А теперь -- отдельные, резкие, режущие, каркающие, вороньи.

Под эстакадой стоял мужичок с грязным ведром -- что-то продавал. Не поняли сначала.

-- ...Хоть для почину купи-ите! За три гривенника все ведро. Ну, за двугривенный! Шампанское, вить...

-- Ну... разбили! -- отчаянно сказал Григорий Васильич. Опять забылся, мелькнули перед глазами его култышки.

Где же, где же то, что было здесь утром? Да и было ли? Сейчас не верилось.

Повсюду, согнувшись, шныряют люди с мешками, свертками. Какие-то мышино-юркие, в платках женщины, с одутлыми, картофельными лицами оборванцы. И все это озирается по сторонам, прячется за углы, ныряет, как ящерицы, в темные проходы...

У пакгаузов -- нестройный, разорванный гул. Нет-нет, да и грохнет, рухнет что-то, подымается туча пыли. Откуда-то взялись топоры, ломы. Рубят столбы, летит крыша, а те, которые около -- даже не посторонятся: с гиком бросаются в склады, роются, вытаскивают, отнимают. Кого-то убило крышей. Убило -- ну что ж...

Целая куча деревянных ящиков. Тут были утром люди "от комитета". Толпа снесла их.

На самом верху этой горы ящиков -- стоит какой-то босой, в одной жилетке -- прямо на тело. В каждой руке по бутылке; пьет их и бросает. Покачнулся, ящики с грохотом и звоном валятся вниз.

Через минуту поднимается из обломков и осколков тот, кто был наверху. Из обеих рук, порезанных склянками -- льется кровь, но он нагибается, вытаскивает новую бутылку, отбивает горлышко, запрокидывает, пьет. Из обеих рук льется кровь...

Бочки с вином. Днища отбиты. Черпают картузами, горстями, жестянками, ведрами. Уносят, пьют, опрокидывают на землю. По мостовой мола текут ручьи вина -- как будто прошел хороший ливень; через ручей переброшены доски...

Всё не могут ни выпить, ни с собой взять: так пропадай ты пропадом, только бы "им" не осталось. В море!

Возле мола плавают зеркала, велосипеды в деревянных клетках, ящики, бочки, коробки. Выливают в море бочки спирта, керосина: "Эх, гуляй, все равно -- один раз". Поют где-то песню -- она кажется разбойничьей, ушкуйничьей, старой...

Узкой уличкой мы поднимались в город. На уличке было как будто очень спокойно, и только всюду -- глаза: на балконах, в окнах, в чуть приоткрытых калитках. По камням сухо процокал подковами казачий разъезд, скакали куда-то галопом. Окна и калитки торопливо закрывались.

Сверху мы оглянулись еще раз на порт: там кипело, ухало, рушилось, ликовало. Светил последний красный луч...

Оживленные, нарядные городские тротуары -- и вдруг посреди улицы лагерь солдат. Составили ружья в козлы, уселись около, что-то стряпают в котелках: война.

Но там, за столиками на бульваре -- по-прежнему весело и празднично. Изящные дамы, вежливые кавалеры -- с лорнетами, биноклями, подзорными трубами. Все нетерпеливо смотрят туда, где "Потемкин", и ждут. Ждут начала -- как в театре.

Григорий Васильич пробормотал сквозь зубы ругательство:

-- С биноклями? А вот как сейчас...

Он не кончил: оглушительный грохот, удар. Дребезжат и сыплются стекла. Секунда оцепенения. Потом сквозь все молния-мысль: "Потемкин" начал. И людской вихрь.

Люди обезумели. Мчались, опрокидывали столы с посудой, стулья, скамьи, падали. Мужчины прыгали через нарядных, лежащих на земле дам. В одну секунду смели казачьи разъезды у бульвара. Забивались в ворота, прижимались лицом к стенам домов.

Каким-то чудом я разыскал Григория Васильича. Он тяжело дышал, вытирался, плевал.

-- Сбили меня с ног. Через меня бежали. Ну, и пу-убличка!...

-- Неужели -- "Потемкин"? -- спросил я.-- Почему он вдруг...

-- Да не "Потемкин" вовсе! Это они бомбу бросили в казаков. Двух в крохи пирожные разнесло, офицеров ранило. Да вон-вон... глядите!

Тревожно трубила и мигала красным фонарем карета скорой помощи. Остановилась возле аптеки. Что-то вынесли на носилках.

У яркого окна с зелеными и красными бутылями -- сгрудилась толпа, с разбуженным, жадным любопытством к крови. Подымались на цыпочки:

-- Гля-кось, шея-то, шея-то вся...

-- А волосья-то слепились... Ах ты... а?

Стукнул, сломался где-то ружейный залп. Толпа плеснулась к бульвару. Там стеной стояли тяжкие темные крупы лошадей, казаки никого не пускали.

-- Разойдись! Разойдись! -- уже не кричал, а хрипел растерянный околоточный.

Но никто не уходил. Все пристально ждали чего-то. Какие-то

люди молча стояли под воротами не двигаясь. Собирались на перекрестках в темные кучи и ждали.

И оно -- пришло: встало внизу, заколебалось дымным красным заревом.

-- Жажгли, жажгли!

-- Карантинная... Полыхает-то, а?

-- Карантинная... Хороша Карантинная! Новый мол это.

Невидимые в темноте -- говорили радостными, возбужденными голосами. Только этого будто и ждали.

-- Слушьте, пойдем на Польский. Может, там нас и пустят вниз,-- сказал Григорий Васильич.

На Польском спуске было очень тихо, далеко. На ступенях, в самом низу, сидели солдаты, а выше их, амфитеатром, устроились зрители. В глазах у всех горел красный отблеск; молча смотрели.

Ружейные залпы теперь слышались чаще. Горели пакгаузы и на Новом молу, и в Арбузной гавани, и в Таможенной. Приземистым, плотным пламенем занялись склады каменного угля. Высокой свечкой к небу стояла, вся в огне, деревянная башня яхт-клуба.

В порту медными отчаянными голосами кричали поезда и пароходы. Грохотали, втягивались якоря: это отчаливали счастливцы, не потушившие котлов. Суда, пришвартованные к набережной, уже начали загораться: сначала шлюпки, потом палубы, потом мачты. Смотришь -- уже скрючивается, извивается на огне красное каленое железо.

Освещенный сзади красным светом солдат с ружьем поднимался по ступенькам. Запыхался, остановился перед кем-то.

-- Ну, что? -- слышен голос. Должно быть, офицер.

-- Страсть, ваш-бродие! Там они зажгли с сахаром который склад. Сахар-то жидка-ай стал, потек. А он-то, пьяный вдрызг, ваш-бродие, на крыше стоял, да как оттедова сверзится -- в сахар-то прямо. Благим матом орет. Полезли за ним -- тоже пьяные, и тоже в сахар попали, ну и страсть! Ды стреляють, ды стреляють...

Привороженные к огню, молча смотревшие люди вдруг проснулись, зашевелились, стали вставать, уходить. Останавливались, прислушивались, где залпы, чтобы не идти в ту сторону.

-- А ведь и нам бы пора домой, на пароход,-- сказал я

Григорию Васильичу.-- А то позже не пройдем.

-- Да и теперь не пройдем,-- равнодушно ответил он.-- Ну, все равно -- попытаем.

Солдаты нас пропустили. Мы сошли вниз -- и сразу окунулись в сплошную чернять. Фонари не горели, светило только зарево, распухая и опадая на стенах.

Темные, незнакомые улицы, повороты. Пустые, покинутые дома. Издали -- гул и треск. На тротуарах -- темные, недвижимые мешки: пьяные -- или мертвые?

Мы подошли к путям. Сломя голову мчались товарные поезда: спасали что можно. На каком-то перекрестке остановилась карета скорой помощи: подбирали человека с отрезанными поездом ногами, он бормотал что-то веселым, пьяным, заплетающимся языком.

Возле Нового мола было совсем светло. Пылало все: даже самая набережная -- деревянная, осмоленная. Даже море, куда вылиты были сотни бочек керосина и спирта,-- пылало у берега синим огнем.

Пьяные огнем и вином, обезумевшие люди надрывались -- перекричать рев пламени. Красные отблески прыгали на них -- или это они плясали вокруг огня дикий танец, они, которым показалось, что сегодня им можно.

Жизнь здесь стоила грош. Идти тут было жутко; мы поднялись наверх, на эстакаду.

Отсюда как на ладони виден был -- весь в пламени -- порт. И море: спокойное, равнодушное зеркало, покрытое призрачным, колеблющимся отраженным огнем.

Подходили уже к концу эстакады -- как вдруг тот конец ее, где нас ждал спасительный спуск к пароходу, загорелся. Никогда я не видал Григория Васильича таким бледным, как сейчас.

Возвращаться было немыслимо. Здесь где-то есть трап, чтобы спуститься вниз,-- должен быть! Но где?

Метались. Может быть, двадцать раз пробежали мимо трапа. Огонь все ближе. Я споткнулся о крышку, упал: под руками был трап.

Спустились вниз. Совсем близко, следом за нами -- жгли, ухали, кричали. Но мы были уже в гавани, где стоял наш пароход,-- сейчас мы будем на пароходе, сейчас мы его увидим: вот только обогнуть этот пакгауз...

За пакгаузом парохода -- не было: он оттянулся от берега и

стал на якорь в полуверсте.

Мы охрипли от крика. В вылитой наземь нефти намочили носовые платки и зажгли их. Чудом каким-то увидели нас, спустили шлюпку. Мы на пароходе.

Все полыхало кругом. Говорить... говорить нельзя было: только слушать, слушать, слушать...

Залпов теперь нет: теперь -- сплошной, неперестающий треск выстрелов. И должно быть, у всех -- как эхо -- эта внутренняя дрожь. Нет, не от ружейной стрельбы, а от пулеметов: от этого сухого, бездушного, страшного своею машинностью гороха. С полуночи -- пулеметы не переставали.

Где-то далеко стоял броненосец и синевато-белыми ножами прожектора резал берег, воду, суда.

Все молчали, слушали. На берегу вплетались в выстрелы длинные стоны -- вот уж близко совсем. Матрос влез на мачту, говорил сверху:

-- Все отсюда виднехонько, все до капли. Во-во-во, солдаты на них идут, штыками их... Бра-атцы мои!

Неохотное, разрозненное ура. Как сломанные, сухие хворостинки -- выстрелы револьверов, потом сверху, с берега -- винтовочный залп...

Пули жалобно пели высоко, в мачтах. Потом одна, другая шлепнулась в шлюпку на той палубе, где мы сидели. Нужно было отсюда уходить вниз.

Динамо у нас не работала. В кают-компании тускло качались масляные лампы. Сидели все молча, без конца слушали. Только часам к четырем, к рассвету, стали затихать выстрелы, и мы разошлись по каютам.

Утро. В жемчугах облачное небо. Весь порт курится, белеет дымком. Все какое-то хмельное, плывущее, ненастоящее.

От берега отчаливает шлюпка и правит на нас. Кто? Да он, конечно -- он, наш седобородый старый механик.

Взобрался по трапу, поглаживает длинную, как у Моисея-пророка, бороду:

-- Еле-еле пробрался к вам. Ник-кого не пропускают -- меня уж так только, по знакомству...

Капитан наш, толстый братушка, Лука Петрович -- побагровел, начал кипятиться:

-- Та если менэ на берег нужно? Чэрт бы их взял!

Механик ехидно смеется:

-- Что ж делать! Меня пустили -- а вас вот не пустят. Военное положение, голубчик, военное. Да вы в бинокль поглядите-ка, поглядите на берег.

Смотрели по очереди в бинокль. Солдаты по всему берегу, куда ни взглянешь.

Механик доволен: ну то-то же.

-- А ну-ка теперь вот сюда. Вагоны, платформы эти видите? -- вон-вон!

Ну, видим. Ну, что ж такое? Везут что-то, прикрытое рогожами.

-- Хм, что-то... А знаете -- что?

Он шепчет нам на ухо. И бинокль почему-то дрожит в руках, и кажется, что из-под рогожи видны руки, ноги...

А механик кому-то сзади:

-- А их ведь теперь уж три стало.

-- Кого -- их?

-- Да судов-то, которые с "Потемкиным". Ночью "Веха" пришла. Ну, и там то же самое: офицеров своих тоже перевязали, свезли на "Потемкина" и рядом с ним якорь бросили.

Смотрим -- и верно: три их, в кильватере стоят. Так, значит, еще не все кончено -- еще может быть...

Пыхтит казенный портовый пароходик, пристает к нам. На нашу палубу влезает быстроглазый маленький капитан:

-- Ради бога, Лука Петрович -- уходите скорей. Всем судам выбираться из порта велено -- скорее как можно!

-- А что?

-- А то.

Быстроглазый капитан говорит шепотом -- но так, что всем слышно:

-- Эскадра сюда идет. Приказано "Потемкина" либо живьем взять, либо ко дну пустить. Под великим секретом вам говорю!

Лука Петрович выругался по-своему, по-братушкинскому:

-- Всю команду -- на палубу! Ч-чэрт бы их. Матросов половины не было, пропали куда-то. Лука Петрович пыхтел, как насос:

-- Вот... Да... Уходить нам валено есть из порта Разумеетэ?

Матросы переминались, переглядывались. Потом вышел один -- бойкий, с серьгой в ухе:

-- Никак нам нельзя, Лука Петрович. Комитет приказал

бастовать.

-- Какой такой камитэт? А вы кому нанимались? Камитэту? Чэрт бы вас побрал! Та я вас всех...

Кричит, топает. А матросы -- как на своем уперлись: "комитет не приказал",-- так и ни с места.

Плюнул Лука Петрович. Пошептался со старшим помощником. Помощника повез на берег старший механик, взялся через кордоны провести

Через час -- через полтора помощник вернулся. Опять матросов собрали, выстроили. Лука Петрович сконфуженно объявил:

-- Ну, вот,-- говорит,-- этот самый ваш. как его... камитэт, да... Камитэт дал есть нам разрешение уходить -- вот.

И сунул им бумажку. Матросы стали на работу. Лука Петрович ходил по палубе и ворчал: разве это скоро -- пар поднять? Глядишь, часов восемь, а то и все десять. А те-то, которые на "Потемкине", как раз и придут -- и пойдет у них баталия. А мы и будем в чужом пиру похмелье хлебать?

Пароходы из порта все уходят и уходят один за другим. Опять подкатил к нам казенный пароходик.

-- Ну, что ж вы, Лука Петрович? Торопитесь! Пар-то есть?

-- А-а, пар... ч-чэрт бы их... Вы возьмите нас на буксир, ну хоть -- до брейкватера...

-- Ладно. Давайте конец.

Готово. Плывем. Лука Петрович доволен. Мимо обгорелых набережных, мимо обугленных зданий...

Идем -- и все ближе к "Потемкину". Вот уже орудия и белые башни. На капитанском мостике -- два матроса. На корме столпилась целая куча белых голландок -- должно быть, митинг. Вон-вон, один взгромоздился, говорит, развеваются ленты бескозырки. Мы не отрываемся от бинокля. К Луке Петровичу подошел бойкий матрос с серьгой в ухе

-- Господин капитан!

-- Атстань. После...-- Лука Петрович тоже с биноклем.

-- Лука Петрович, салютовать им прикажете?

У Луки Петровича так руки и повисли. Освирепел, трет затылок.

-- Ах, ч-чэрт их...

Действительно -- загвоздка: андреевскому флагу он обязан салютовать -- своим кормовым. А на "Потемкине" -- вон, все еще развевается андреевский с синим крестом флаг... Но с другой стороны -- ведь это бунтовщики! А с третьей стороны: не отсалютовать им -- возьмут да и пустят тебе в бок шестидюймовый снаряд.

Лука Петрович свирепо накидывается на матроса:

-- Да ты что, бэз головы? Им, таким-сяким, салютовать?! Ступай на свое место!

Матрос с серьгой в ухе ушел. Мы идем -- и все ближе "Потемкин", и все шире открываются черные рты орудий.

Лука Петрович пыхтит, как насос, не отрывает от них глаза. Встает, идет на корму. Мы за ним.

У кормового флага. Матрос с серьгой в ухе стоит спокойный: его дело было спросить, а уж там, что потом будет... Лука Петрович возле него.

Поравнялись с "Потемкиным". Еще секунда... Лука Петрович свирепо кричит матросу:

-- Салютуй им, мэрзавцам! С-салютуй, так их растак!

И отсалютовали. А "Потемкин" -- даже внимания не обратил, не ответил, не до того было. Уж и ругался же Лука Петрович...

Нас дотащили до брейкватера. Быстроглазый казенный капитан на прощанье опять влез к нам и рассказывал:

-- ...Понимаете: грозятся стрелять, что тут попишешь? Разрешил им генерал хоронить сегодня матроса их убитого и дал честное слово, что не арестует на похоронах никого -- они по всему городу пройдут. "А если,-- говорят,-- вы арестуете, мы стрелять по городу будем". Каково? А вдруг генерал наш арестует, не утерпит?

Мы кончали обедать, когда в кают-компанию как бешеный влетел стюарт Лаврентий. Раскосые его глаза совсем убежали куда-то,-- одни белки:

-- "Потемкин" пошел! Вот ей-Богу, пошел!

Бросили всё -- вмиг были на палубе. Медленный, давящий двигался броненосец. В кильватере шли миноноска и "Веха".

-- А знаете,-- сказал старший помощник,-- ведь теперь как раз они своего хоронят, шесть часов...

Армянское смуглое помощниково лицо не побледнело, а как-то даже пооливковело.

"Потемкин" остановился -- бортом к Одессе. Невольно все примерили глазом: да, если он возьмет полевее бульвара, то как раз через наши головы...

На борту броненосца мигнул веселый взблеск, пушистый, круглый дымок. И грохот.

Оливковый старший помощник крестился маленькими, чуть заметными крестиками. Лука Петрович пыхтел. Еще огонек, еще. Два круглых, твердых удара. Долгая пауза.

На том конце, где столпилась наша команда, шутки и смех.

-- Это он поминки по ем правит.

-- Добрые-то люди обедом поминают...

-- Это кого же ему обедом-то угощать? Энтих, что ли?

Вода тихая, светлая. На всех парах, как раз на линии огня броненосца, летят два парохода. Уйдут, не уйдут?

Стеклянно, чисто плывет по зеркалу рейда музыка. Это -- с "Потемкина". Потом громко трубит валторна, одна.

-- Атаку играют...

-- Атаку... Вот теперь, братцы, пойдет! Багровый весь, Лука Петрович зовет механика, брызжет слюной.

-- Что ж у вас пара нэт? Ч-чэрт вас...

Хотя знает отлично, что пара и не может еще быть. Но нужно же что-нибудь делать? Нет сил так ждать...

На броненосце ясно видный -- взвился красный боевой флаг. Блеснул огонек, знакомый удар выстрела, и что-то новое: гудит, воет воздух.

Старший помощник пригибается. Чей-то голос сзади:

-- Вот это вот всерьез: боевой снаряд.

Секунда -- и трах-трах,-- в бинокль ясно видны далекие дымки разрыва, где-то среди города.

И опять играет труба. Красный флаг на мачте "Потемкина" медленно падает вниз. Броненосец долго стоит, белый, безмолвный.

Отпустило. Заговорили, заворочались, начали жить.

-- Флаг спустил: стало быть, конец...

-- Конец... вот сказал-то! Только что начали -- еще такое будет...

Что бы ни было -- это страшно кому-нибудь другому, но не им, не нашим матросам. У них на баке появились откуда-то фунтики с вишнями. Бойко сплевывали косточки за борт, спорили, где разорвался снаряд, считали, сколько орудий у потемкинского флота -- и сколько у "тех".

Два часа тихого отдыха. Бегут по воде первые тени. На судах отбивают вечерние склянки. Два удара в судовой колокол -- и едва замолкает последний, потемкинская миноноска снимается с якоря и неслышно скользит по стеклу воды. Сначала медленно, потом все быстрее.

Миноноска причаливает к одному, к другому, к третьему коммерческому пароходу. Какие-то короткие переговоры и приказания, миноноска уходит дальше.

-- Это он во хлот свой пароходы наши забирает. И нас вот, как пить дать, заберет, вот сичас... ей-Богу, братцы!

Это говорит бойкий матрос с серьгой в ухе. Кругом него бросили есть вишни, о чем-то перешептываются, поглядывают искоса на капитана, на помощника.

Старший помощник опять зеленеет, Лука Петрович усиленно трет затылок и сопит.

Матрос с серьгой в ухе продолжает:

-- И очень даже просто. Придут сюда те-то, из Севастополя, его брать -- а он нас всех, коммерческих, сзади расставит: поди-ка его укуси. Как по ём стрелять-то будут? Никак невозможно. Потому в нас обязательно попанут! Он, Потемкин-то, хи-итрый -- он, брат...

Лука Петрович бормочет:

-- Бр-родяги, р-разбойники...

А миноноска от соседнего судна уж правит на нас. Лука Петрович мгновенно куда-то исчезает. Вся команда столпилась у борта.

-- Эй, на пароходе! Капитан у вас где, на судне? -- кричит матрос с капитанского мостика миноноски. Голос спокойный, зычный.

Метнулись искать Луку Петровича, насилу-насилу откопали где-то. Он -- в парадном капитанском сюртуке, с золотыми нашивками на рукавах. Старается втянуть свое пузо и стать понезаметней, поменьше, говорить нежным голосом.

-- Здравствуйтэ, братцы. Что угодно? Матрос на мостике миноноски снимает фуражку и говорит звучно, как будто читая:

-- С броненосца "Князь Потемкин Таврический" передано: судам стоять на якоре и не сумлеваться, опасности никакой не будет.

"...Как, а насчет того, чтобы забрать в свой флот? Значит, ничего этого..."

И вдруг лицо у Луки Петровича расцветает, он машет фуражкой и кричит бравым голосом:

-- Спасибо вам, братцы! Ур-р-ра-а! -- спохватывается и захлопывает рот.

С миноноски машут нам бескозырками, медленно скользят к

следующему пароходу.

"Стоять на якоре и не сумлеваться..." И, "не сумлеваясь", спокойно, без слов, долго сидим на палубе.

Совсем темно. Ночь безлунная, ласковая, как черный лохматый зверь.

Всю ночь шарят в черноте холодные, яркие ножи "Потемкина". Всю ночь ходит без огней миноноска на разведки. Там явно чего-то ждут, готовятся.

...Какие-то сны с пламенем, с криками, выстрелами, какие-то руки хватают и не хотят отпустить. За плечо теребит беспощадно Лаврентий:

-- Вставайте, вставайте! Флот уж близко совсем. Сейчас начнут -- вот ей-Богу!

Еще не уставшее от солнца утро. Темные полоски судов на горизонте. В бинокль ясно видно: три броненосца и миноноски. Идут сюда, на "Потемкина", развернутым фронтом.

Лука Петрович бегает по палубе, брызжет слюной, кричит на механика:

-- Масло на топки, масло! Жгите -- только скорэй! Скорэй -- ч-чэрт вас...

Зашевелился и "Потемкин". Громыхает якорями. Какие-то медленные эволюции -- и прямо на эскадру. За ним его миноноска.

Механик подымается на палубу и докладывает:

-- Лука Петрович, пар уже готов.

-- Слава тэ, Господи! Ну, полный ход: в Очаков.

Наша старая машина охает, скрипят мачты, на палубе что-то дребезжит, гоним вовсю. Впереди севастопольская эскадра, сзади "Потемкин", а мы -- между ними. Успеем проскочить, пока они не откроют огня -- или не успеем?

Эскадра флагами сигналит что-то "Потемкину". "Потемкин" поднимает красный боевой флаг и дает полный ход -- за ним миноноска. Ну, сейчас...

-- Ходу, ходу... ч-чэрт! -- кричит Лука Петрович в машину.

Но кочегары и так уже выбиваются из сил, котлы грозно гудят, машина охает.

И вдруг видим, что наступающая на "Потемкина" эскадра из трех броненосцев и миноносцев -- медленно поворачивается и уходит назад, без единого выстрела.

-- Вот так здорово! Вот так фунт... Урра! -- орет бойкий матрос с серьгой.

-- Ура-а! -- подхватывают матросы.

-- Урр...-- открывает рот Лука Петрович -- и, спохватившись, захлопывает. Надев на себя сердитое лицо, он кричит вниз, команде: -- Ну, чего, чего? Нэ орать!

Все меньше и прозрачней белый корпус "Потемкина": он идет обратно в Одессу, мы уходим от Одессы.

Очаков. Желтовато-белые домики на высоком берегу. Вдали батареи. Очаков -- на осадном положении, на берег сойти нельзя. Солнце пристальное, ошалелое, поливает нас сверху. Целый день погромыхивают, палят очаковские пушки -- упражняются на всякий случай: а вдруг вздумает "Потемкин" сюда нагрянуть? Кто знает?

Ночь еще тише, еще теплей, чем в Одессе. Там, далеко, на горизонте -- прыгают холодные лучи прожектора на "Потемкине": их видно и здесь.

Что там -- в Одессе? Гадаем, томимся. Вспоминаем об этих трех днях, прожитых рядом с "Потемкиным".

-- ...Впрочем, если бы стреляли -- так здесь было бы слышно,-- говорит старший помощник.

Здесь он разговорчив и весел: на него хорошо действуют очаковские батареи.

На следующий день к вечеру пришло еще несколько убежавших из Одессы пароходов. Мы снарядили шлюпку, поехали за новостями.

-- Опять,-- рассказывали,-- эскадра приходила. Фронтом наступали, а "Потемкин" так ловко, как-то промеж их влез, что с обоих бортов по ним мог палить.

Ушли. А с "Потемкиным" еще новый остался -- "Георгий Победоносец".

Еще две ночи на горизонте -- далекое белое сияние прожектора с "Потемкина". На третью ночь горизонт был холоден и пуст.

Утром судно привезло из Одессы новую весть: "Потемкин" ушел.

-- Куда ушел?

-- Неизвестно.

Неизвестно: может быть, и в Очаков. Да, да -- отчего же не в Очаков? Кто-то рассказывал: в Одессе-де слышал еще -- что

"Потемкин" обязательно Очаков разнести хотел.

Батареи на берегу заработали еще усерднее. Вечером выслали на рейд сторожевые суда. Но и эта ночь -- ленивая и тихая, как вчера. Никого.

Утро. Душистый с берега ветерок с запахом степных трав. Веселая стая белых бабочек-парусов: вышли рыбаки в море.

Прыгает, ухает на волнах шлюпка. Двое гребцов в рубахах. Пристают к нам.

-- Телеграмма! Телеграмма из Одессы... У нас столпились, слушают, ждут.

-- "Потемкин" ушел Румынию. Одессе спокойно".

-- В Румы-ынию! -- протянул разочарованно бойкий матрос с серьгой в ухе. Закурил трубочку, сплюнул.

1913

Африка

1

Как всегда, на взморье -- к пароходу -- с берега побежали карбаса. Чего-нибудь да привез пароход: мучицы, сольцы, сахарку.

На море бегали беляки, карбаса ходили вниз-вверх. Тарахтела лебедка, травила ящики вниз, на карбаса.

-- Все, что ли, а? -- и уж хотели было поморы обратно вернуть, но тут вышло происшествие необычайное: с парохода по лесенке стали спускаться господа какие-то.

-- Это... господам-то... куды же? -- опешили карбаса.

-- Но-о, глазами захлопал! Не видишь, в Кереметь к вам? Принимай живей. Ерупи-итка!

Принимать пришлось Федору Волкову. Было их двое господ да одна девушка ихняя. И то разговаривают все по-нашему, по-нашему, а то примутся еще по-какому-то. Подивился Федор Волков.

-- Вы, господа, сами-то родом откулева же будете? А господа веселые. Переусмехнулись между собой, да и говорит, который бритый:

-- Мы-то? -- подмигнул,-- из Африки мы.

-- Из А-африки? Да неуж и по-нашему там говорят?

-- Там, брат, на всех языках говорят...

А девушка ихняя засмеялась. Чему засмеялась -- неведомо, а только -- хорошо засмеялась и хорошо на Федора Волкова поглядела: на плечи его страшные; на голову-колгушку, поребячьи стриженную, на маленькие глазки нерпячьи.

Показал Федор Волков господам приезжим отводную квартиру: держал нынче квартиру Пимен, двоеданского начетчика племяш. Хорошая изба была, чистая.

Сел Федор Волков на мушке у ворот. В тишине сумерной было явственно слышно, как они там в избе разговаривали, то по-нашему, то по-своему опять. А потом заиграла девушка ихняя песню. Да такую какую-то, что у Федора инда в груди затеснило, вот какая грусть, а об чем -- неведомо. И дивно было: девушка будто веселая, а этак поет?

Век бы ее слушал, да поздно уж: хочешь не хочешь, время -- спать.

Ночь светлая, майская. По-настоящему не садилось солнце, а так только принагнется, по морю поплывет -- и все море распишет золотыми выкружками, алыми закомаринами, лазоревыми лясами.

Не то во сне снилось Федору Волкову, не то впрямь это было: будто опять пела девушка ихняя, а он будто встал, оделся и по улице пошел: поглядеть, где же это она поет-то ночью?

Идет мимо Ильдиного камня, а на камне белая гага спит -- не шелохнется, спит -- а глаза открыты, и все, белое, спит с глазами открытыми; улица изб явственных глазу до сучка последнего; вода в лещинках меж камней; на камне -- белая гага. И страшно ступить погромче: снимется белая гага, совьется -- улетит белая ночь, умолкнет девушка петь.

И опять -- не то сон, не то явь, а только будто окно -- темное, она -- белая в окне-то и будто шепотом, шепотом так Федору Волкову:

-- Они спать полегли. А я не могу спать,-- как же спать? А ты, милый, пришел, вот спасибо тебе...

И еще -- будто из окна нагнулась, обхватила Федора Волкова голову -- и к себе прижала. А руки у ней, и грудь у ней -- так пахнули -- только во сне так и может присниться.

Днем возил Федор Волков господ из Африки. На семгу ярус закидывали, лежали на ярусе два часа. И все глядел Федор на девушку ихнюю и глазами пытал: ночью -- во сне ли она приснилась или...

К вечеру вернулся обратно пароход, стал на взморье и загудел. И опять Федору же вышло везти к пароходу господ приезжих.

-- Ну, Федор Волков, прощай. В Африку-то приезжай к нам...-- и засмеялись все трое.

И взяло тут сомненье Федора Волкова: не потешаются ли они над ним с Африкой с этой? Мотнул стриженой колгушкой своей:

-- А ну-кось ей нету, Африки-то? Приедешь -- ей нету? А то бы я приехал бы...-- и глядел на девушку, все пытал: приснилось ночью тогда -- или...

-- Нет, Федор Волков, вы им не верьте, они такие уж... Вы ко мне приезжайте. Уж там доехать -- доедете, только выехать. Ну, я буду вас ждать.

Нагнулся в низком поклоне Федор Волков, и показалось: от руки -- тот самый, тот самый дух, который во сне...

И поверил в Африку Федор Волков.

-- Ну, ин ладно, приеду. Мое слово -- безоблыжное.

2

У Пимена, племяша двоеданского, собаки не жили: годок поживет какая -- а там, глядишь, и сбежала, а то и подохла. И шел слушок: оттого у Пимена собаки не жили, что уж больно он был человек уедливый. Как ночь -- так Пимен к конуре к собачьей:

-- Ты у меня, мерзавка, гляди, спать не смей. Даром, что ли, я тебя кормлю-то? Хлеба одного лопаешь в неделю на семь копеек...

И пойдет, пойдет вычитывать: где же тут вытерпеть -- собака не вытерпит.

Мудрено ли, что, идучи ночью одной весенней мимо двоеданской избы, услышал Федор Волков чей-то жалобный хлип. Ближе подошел: окно открыто, то самое, и в окно -- слезами облитая, горькая Яуста, старшая Пименова.

-- Ты чего, Яуста, эка, а?

-- Отец со свету сжил, заел, ни днем продыхнуть, ни ночью...

Да полно, Яуста ли это? У Яусты волосы -- как рожь, а у этой -- как вода морская, русальи, зеленые. Яуста -- румяная, ражая, а эта -- бледная с голубью, горькая. Или месяц весенний заневодил зелено-серебряной сетью ту, дневную?

Как тогда -- во сне или наяву -- опять стоял Федор Волков у окна избы двоеданской, утешал горькую девушку. Нет того слаще, как девичьи слезы унять, увидеть улыбку, осветленную слезами, как лист -- дождем. Нет девичьих рук нежнее, только что утиравших глаза -- еще мокрых от слез.

-- Яуста, как же это я никогда не видал-то тебя?

-- Ну, теперь -- гляди. Хочешь -- тут вот -- хочешь, гляди...

Пимен, племяш двоеданский -- ростику маленького, тощий: такие всегда бывают зудливые, неотвязные. Каждый вечер Пимен пилил Яусту, свою старшую. Может, только за то и пилил, что в девках она засиделась и младших двух задерживала. Каждую ночь Федор Волков утешал горькую, с зелеными волосами русальими, Яусту. Каждую ночь месяц весенний становился все тоньше: уходила весна, девушка застенчивая; аукало за лесом лето, с ночами голыми, белыми, с бесстыдным солнцем ночным.

Когда шли от венца Федор Волков с Яустой, старшей Пименовой, еще висел последний тоненький месяц, еще звенел чуть слышным серебряным колокольцем. Заперли молодых в прибранной подклети; садясь на постель, Федор Волков сказал, по обычаю по старому:

-- Ну, разобуй меня, молодая жена.

Нагнулась Яуста, горькая, русальная, покорно сапог разобула Федору Волкову. Так покорно, что другого не дал ей снять Федор -- сам стал ласково снимать с нее подвенечный обряд...

Еще спала Яуста, а Федор Волков, вскинув ружье, шел уж к лесу на Мышь-наволок. Играло в росе розовое солнце. Поцелуйно чмокала мокрая земля под ногами. В тонкую, однотонную дудку свистел рябчик -- подругу звал. И так песней занялся, что Федора Волкова вплотную подпустил: тут только опомнился, фыркнул, перелетел на соседнюю сосну -- и опять засвистел. Улыбнулся Федор Волков, от плеча отнял ружье -- и пошел домой.

У бобыля в избе -- откуда порядку быть? Пахнет псиной -- вчера только первую ночь не спал с Федором в избе Ятошка лягавый; по углам -- пауки; сору -- о, господи, сколько! Яуста вымыла все, оскоблила пол добела, женка хозяйственная выйдет из ней -- хлопотушей ходила по избе.

-- Здравствуй, Яуста, ах, ты, хозяюшка ты моя...-- бежал к Яусте Федор Волков: обнял ее поскорее, какая она теперь -- после ночи? Бежал по избе -- по скобленому белому полу...

-- Да ты что, сбесился -- не вытерев ноги, прешь-то? -- заголосила Яуста в голос.-- Этак за тобой, бес-пелюхой, разве напритираисси?

Со всего бега стал Федор Волков, как номером помраченный. Опомнилась Яуста, подошла к Федору, губы протянула, а на отлете -- рука с ветошкой.

Молча отстранился Федор -- и пошел за порог: сапоги вытирать.

С того дня опять Федор Волков стал ходить молчалив. Что ни вечер -- увидишь его на угоре у Ильдиного камня: самого не видно, только одна голова -- стриженая колгушка -- над светлым морем маячит.

-- Чего, Федор, выглядываешь? Аль гостей каких ждешь иззаморских?

Глянет Федор глазами своими нерпячьими, необидными и головой-колгушкой мотнет. А к чему мотнет -- да ли, нет ли -- неведомо.

Стал ночами пропадать Федор Волков. А ночи -- страшные, зрячие: помер человек -- а глаза открыты, глядят и все видят, чего живым видеть нелеть. Металась Яуста одна в светлой подклети, пустой от неусыпного солнца.

-- Да где же это ты, лешебойник, ходисси...-- днем голосила Яуста.-- Да и чем же это я опризорилась, где мои глазыньки были, когда я замуж шла за тебя?

Федор Волков молчал: только глазами необидными немовал что-то Яусте, а про что немовал -- неведомо.

Должно быть, Яуста отцу пожалобилась: стал Пимен, племяш двоеданский, за Федором следом виться, как комар, и жилять его непрестанно:

-- Ты как же это, Федор, с женой-то не влюбе живешь? Как ты с нею повенчан, то по закону Божию -- должен на ложе спать, а ты что ж это, а? -- вился и вился Пимен.

Когда в церковке деревянной звонили к вечерне, выходил Пимен на двор, возле водовозки бухался на колени и сладкогласно пел Богу молитву вечернюю. Дождь ли, снег ли,-- а уж Пимен возле водовозки пел обязательно. Тут от него и спасался Федор Волков -- в лес, к Мышь-наволоку. Так, пока не пришла лютая осень, в лесах и коротал ночи, со своими снами с глазу на глаз.

Забелели беляки на море, задул ветер-полуночник. Налегнуло, нагнулось небо, бежали облака быстрым дымом, задевали о верх деревьев. Мга заселась. не разобрать -- где небо, где море: никто уж теперь не приедет...

-- Ну вот, Федор, стал и ты дома сидеть, слава Богу. Остепеняйся-ка помаленьку, с Господом...-- ласковым комаром пел Пимен, впился в самое ухо Федору Волкову.

Но был нынче Федор необычен: грузен сидел, и глаза были красные, кровью налитые, вином несло -- и все ухмылялся.

-- ...Иди-ко, иди, Федорушко, с женою-то, а я дверь замкну -- у двери посижу. Ну, давай -- поцелуемся, Федор, ну давай, ми-ло-ой...

Потянул Пимен свое рыльце комариное, медленно Федор к нему потянулся -- да перед самым носом у Пимена -- хоп! --

зубами как щелкнет. И еще бы вот столько -- зацепил бы Пименов нос.

Отскочил Пимен в угол, руками замахал, а Федор Волков гоготал во все горло -- никто не слыхал такого его смеха:

-- Ага-га, душа комариная? Ага-га, забоялся? Вот я -- вот я...

И споткнулся на чем-то, заплакал горестно, положил на стол стриженую колгушку свою:

-- Уеду... у-й-еду я от вас... Уеду-у...

-- Куда ты уедешь, рвань коришневая, живоглот ты, куда ты уедешь, пропойца горькая? Уж лучше молчал бы...

3

Покойный Федора Волкова отец китобоем плавал и был запивоха престрашный: месяца пил. В пьяном виде была у него повадка такая: плавать. В лужу, в проталину, в снеги -- ухнет, куда попало, и ну -- руками, ногами болтать, будто плавает.

И вот ведь чудно: оказалась повадка отцовская и у Федора Волкова. Заперли его в теремок, наверх, зимою уж это было, а он -- Господи благослови -- крестным знамением себя осенил да головой сквозь окошко нырнул -- прямо вниз, в сугроб. В том сугробе целую ночь и проплавал.

Наутро подняли: еле живехонек. Отнесли в баньку: в избу ни за что не хотел. В этой баньке и пролежал Федор Волков всю зиму. Только к весне на ноги встал, да и то с сердцем недоделка какая-то осталась: иной раз подкотится под сердце -- только ищет Федор, за что бы рукой ухватиться. Ну, да это пускай: только доехать до Африки, там уж пойдет по-новому.

После всенощной преполовенской подошел Федор Волков к батюшке, к отцу Селиверсту.

-- Поспросить бы мне вас, батюшка, надо об деле об одном.

Отец Селиверст -- старенький, весь усох уж, личико в кулачок, и все больше спал. К чаю ему подавали большую чашку: помакает он булку в чай, выпьет -- да и опрокинет чашку, чтобы все крошки собрать. Чашкой-то прикроется этак, да и похрапывает себе потихоньку.

Присели с Федором Волковым на камушке возле ограды

-- Ну, что, дитенок, что скажешь, как тебя звать-то, забыл?

-- Федором. А есть у меня, батюшка, желание душевное... То есть вот какое -- одно слово... Хочу я -- в Африку ехать, а как я неграмотный...

-- В А-аафрику? В А... Ох, уморил ты меня, дитенок! В Афри... ой, не могу!

Смеялся-смеялся отец Селиверст, от смеха устал, на камушке возле ограды -- тут же и заснул. Так и не добился от него Федор Волков ни словечка. А уж больше и не у кого было узнать, никого и не спрашивал

На угоре у Ильдиного камня томился Федор Волков, на карбасе бегал ко взморью всякий пароход встречать. Пришла шкуна монастырская: на монастырские пожни народ везти. И Руфин, монах, какой из капитана у них ходил, так себе -- к слову -- сказал Федору Волкову:

-- Намедни к Святому Носу ходили. Набирает, этта, Индрик народ, в океан бегут за китами.

И осенило тут Федора Волкова: Индрик-капитан, вот кто скажет про Африку-то. Господи Боже мой, как же не скажет? С Индриком -- еще отец Федора Волкова в океан промышлять хаживал. И бывало, приедет к отцу Индрик -- рассказывать как начнет про океан Индейский: только слушай. Все позабыл -- а вот одно Федору по сю пору запомнилось: бежит будто слон -- и в трубу трубит серебряную а уж что это за труба такая -- Бог весть.

Поехал Федор Волков в монастырь с Руфином, две недели потел там на пожнях, ярушником монастырским кормился. А через две недели -- на Мурманском бежал уж к Святому Носу. Все у борта стоял, свесив стриженую колгушку свою над водой, и сам себе улыбался.

У Святого Носа капитан Индрик набирал народ побойчее -- идти в океан. Как увидел Индрика, черную его бархатную шапочку и все лицо в волосах седых, как во мху -- так Федор Волков и вспомнил: никогда не улыбался Индрик, можно ему про все рассказать -- не засмеется.

-- Африка? Ну как же не быть-то! Есть Африка, и проехать туда очень просто...-- нет, не шутил Индрик, глядел на Федора Волкова очень серьезно, и в седом мху волос, как ягода-голубень грустная, были его глаза.

-- О? Есть? Ну, слава те, Господи. Вот слава те, Господи-то! -- Так Федор обрадовался, сейчас обхватил бы вот Индрика да трижды бы с ним, как на Пасху, и похристосовался. Но были Индриковы глаза, как ягода-голубень, без улыбки, без блеска, и будто видели насквозь: сробел Федор Волков.

-- Денег вот надо порядочно -- тыща, а то и все полторы. На пароходе-то доехать до Африки...-- глядел Индрик серьезно.-- Ты вот что, Федор, иди со мной за гарпунщика.

Вчера Федору Волкову показывали на шкуне самоедина: глазки -- щелочки, курносенький, важный. Толковали про самоедина: мастак -- гарпунами в китов стрелять, чистая находка.

-- Ну, а как же самоедин-то? -- заморгал Федор Волков.

-- Самоедин -- так, запасной будет. А со мной еще отец твой хаживал в гарпунщиках-то, как же тебя не взять?

Гарпунщику -- деньги большие идут, дело известное: за каждого кита убитого, ни много, ни мало, шестьсот целковых. Крепился Федор Волков, крепился, да как вдруг с радости загогочет лешим:

-- Гы-гы-гы-гы-ы-ы!

Господи, да как же! Два кита -- вот те и Африка.

4

Не было ни ночи, ни дня: стало солнце. В белой межени -- между ночью и днем, в тихом туманном мороке бежали вперед, на север. Чуть шуршала вода у бортов, чуть колотилась -- как сердце -- машина в самом нутре шкуны. И только двое, Федор Волков да Индрик, знали, что с каждой минутой ближе далекая Африка.

Не наглядится на Индрика, не наслушается его Федор Волков, без Индрика дыхнуть -- не может.

-- Ну, какая же она, Африка-то? Ну, чего-нибудь еще расскажи.

Все на свете Индрик видал: должно быть, и то видал, чего живым видеть нелеть. Веселый -- а глаза грустные -- рассказывал Индрик про Африку.

Хлеб такой в Африке этой, что ни камни не надо ворочать, ни палы пускать, ни бить колочь земляную копорюгою: растет себе хлеб на древах, сам по себе, без призору, рви, коли надо. Слоны? А как же: садись на него -- повезет, куда хочешь. Сам бежит, а сам в серебряную трубу играет, да так играет, что заслушаешься, и завезет он тебя в страны неведомые. А в тех странах цветы цветут -- вот такие вот, в сажень. Раз нюхнуть -- и не оторвешься: потуда нюхать будешь, покуда не помрешь, вот дух какой...

-- Во! Погоди...-- обрадовался Федор Волков,-- вот и мне был сон...-- и осекся: про сон про свой, про девушку ту -- не мог даже Индрику рассказать.

Должно быть, недалеко была уж девушка та: все Федору Волкову снилась. Да во сне, известно, ничего не выходит: только руками она обовьет, как тогда, и не отрываться бы потуда, покуда не умрешь -- а тут и окажется, что вовсе не девушка та -- а дед Демьян. Тот самый дед Демьян, какой в суконной карпетке бутылку рома, зятю в подарок вез. Да в пути раздавил и три дня прососал карпетку ромовую. Вот будто к карпетке к этой и приник Федор Волков и сосал: дрянь -- а выплюнуть никак не может, беда!

Слава Богу, явь теперь лучше сна. Тишь, туман. Чуть шуршит вода у бортов. Колотится сердце в шкуне. Неведомо где -- сквозь туман -- солнце малиновое. Неведомо куда плывут сквозь туман. И сказывает Индрик сказку -- не сказку, быль -- не быль, про Африку -- теперь уже близкую.

Однажды утречком дунул полуденник-ветер, распахнулся туман, на сто верст кругом видать. И углядели тут первого кита, вовсе рядышком. Был он смирный какой-то и все со шкуной играл: повернется на спинку, белое брюхо покажет -- ныть под шкуну, и уж слева близехонько бросает фонтан.

Как пушку навел, как запал спустил -- и сам Федор Волков не помнил: от страху, от радости -- под сердце подкатилось, в глазах потемнело. И только тогда очнулся, когда на белом брюхе китовом копошились матросы, полосами кромсали сало.

-- Ну, Федор, тебе бы еще одного так-то, а там и в Африку с Богом,-- говорил весело Индрик, а глаза грустные были, будто видали однажды, чего живым видеть нелеть: правду.

-- Эх! -- только поматывал Федор стриженной по-ребячьи колгушкой, только теплились свечкой Богу необидные его глазки: и верно, какие же тут найдешь слова?

И в межени белой опять плыли, неведомо где, плыли неделю, а может -- и две, может -- месяц, как угадать, когда времени нет, и непонятно: сон -- или явь? Приметили одно: стало солнце приуставать, замигали короткие ночи.

А ночью -- еще лучше Федору Волкову: и все стоял, и все стоял, свесив голову за борт, и все глядел в глубь зеленую. По ночам возле шкуны неслись стаи медуз: ударится которая в борт -- и засветит, и побежит дальше цветком зеленосеребряным. Только бы нагнуться -- не тот ли самый? -- а она уж потухла, нету: приснилась...

Капитан Индрик -- на мостике целый день. Из мха седого -- глядят зорко глаза на сто верст кругом.

-- Гляди-и, Федор Волков, гляди-и...

"Ох, попаду. Ох, промахнусь..." -- стоял на носу Федор у пушки у своей, под сердце подкатывалось, темнело в глазах.

Два дня за китом всугонь бежали. Привык бы зверь, подпустил бы ближе. Два дня стоял на носу Федор Волков, у пушки.

На третий, чуть ободняло, крикнул с мостика Индрик зычно:

-- Ну-у, Федор, последний! Ну-ну, р-раз, два...

"Ох, попаду, ох..." Так сердце зашлось, такой чомор нашел, такая темень.

Выстрела и не слыхал, а только сквозь темень увидел: натянулся канат гарпунный, пошел, задымился -- и все жвытче пошел, пошел, пошел...

Попал. Африка. Приникнуть теперь -- и не оторваться, покуда...

Кит вертанул быстро вбок. Чуть насевший в хвосте гарпун выскочил, канат ослабел, повис.

-- Эка, эка! Леший сонный, ворон ему ловить. Промазал, туды-т-т-его...-- бежали сломя голову на нос, где возле пушки лежал Федор Волков.

Спокойный, глаза -- как ягода-голубень грустная, подошел Индрик.

-- Ну чего, чего? Не видите, что ли? Берись, да разом. Руку-то подыми у него, рука-то по земле волочится...

Есть Африка. Федор Волков доехал.

1916

Мученики науки

Начиная с Галилея, все они перечислены в известной книге Г. Тиссандье (изд. Павленкова, Спб, 1901 г.). Но для наших дней книга эта, несомненно, уже устарела: там, например, нет ни слова о знаменитой француженке г-же Кюри, нет ни слова о нашей соотечественнице г-же Столпаковой. Памяти этой последней мы и посвящаем наш скромный труд.

Своим подвигом г-жа Столпакова, конечно, искупила все свои ошибки, по тем не менее мы не считаем себя вправе скрыть их от широких читательских масс.

Первой ошибкой Варвары Сергеевны Столпаковой было то, что родителей себе она выбрала крайне непредусмотрительно: у отца ее был известный всему уезду свеклосахарный завод. Даже и это, в сущности, было на так еще непоправимо: Варваре Сергеевне стоило только отдать свое сердце любому из честных тружеников завода -- и ее биография очистилась бы, как углем очищается сахар рафинад. Вместо этого она совершила вторую ошибку: она вышла замуж за Столпакова, увлеченная его гвагдейскими рейтузами и исключительным талантом пускать кольца из табачного дыма.

Атлетические, монументальное сложение Варвары Сергеевны было причиной того, что третья ее ошибка произошла почти для нее незаметно, когда она в столпаковском лесу нагнулась сорвать гриб. Нагнувшись, она ахнула, а через четверть часа в корзинке для грибов лежала эта ее ошибка -- пола мужеского, в метрике записан под именем Ростислава.

Из других письменных материалов для истории сохранился также еще один документ, составленный в день отбытия Столпакова-отца на германский фронт. В этот день кучер Яков Бордюг привел из монастыря всем известную монашку Анну, и полковник Столпаков продиктовал ей:

-- Пиши расписку "Я, нижеподписавшаяся, монашка Анна, получила от г-жи Столпаковой 10 (десять) рублей, за что обязуюсь класть ежедневно по три поклона за мужа ее, с ручательством, что таковой с войны вернется без каких-либо членовреждений и с производством в чин генерала".

Этот трудовой договор монашка Анна выполнила только наполовину: в генералы Столпакова действительно произвели, но через неделю после производства немецкий снаряд снес у Столпакова голову, вследствие чего Столпаков не мог уже пускать табачных колец, а стало быть, и жить.

Газету с известием о безголовье Столпакова с завода привез все тот же кучер Яков Бордюг. Если вы вообразите, что у нас на Невском землетрясение, Александр III уже закачался на своем коне, но все-таки еще держится и геликонным голосом кричит вниз зевакам: "Чего не видали, дураки?" -- вам будет приблизительно ясно, что произошло в столовой, когда Варвара Сергеевна прочитала газету. Все качалось, но она изо всех сил натянула поводья и крикнула Якову:

-- Ну, чего не видал, дурак? Иди вон! Яков вышел, и только тогда в тело Александра III вернулась нежная женская душа, Александр III стал монументальной свеклосахарной Мадонной, на коленях у нее сидел сын, и Мадонна, рыдая, говорила нежнейшим басом:

-- Ростислав, столпачонок мой, единственный...

С тех пор -- был только он, единственный, и его собственность. Согласно учению Макса Штирнера и Варвары Столпаковой -- его собственностью был весь мир: за него люди где-то там сражались, на него работал столпаковский завод, ради него была монументально построена грудь Варвары Сергеевны -- этот мощный волнолом, выдвинутый вперед в бушующее житейское море, для защиты Ростислава.

Единственному было десять лет, когда в столпаковской столовой вновь случилось землетрясение. Эпицентром, как и в первый раз, оказался кучер Яков Бордюг.

Громыхая стихийными, танкоподобными сапогами, он подошел к столу, положил перед Варварой Сергеевной газету.

Совершенно неожиданно из газеты обнаружилось, что одновременно произошли великие события в истории дома Романовых, дома Столпаковых и дома Бордюгов: дом Романовых рухнул, госпожа Столпакова стала гражданкой Столпаковой, а Яков Бордюг -- заговорил. Никто до тех пор не слыхал, чтобы он говорил с кем-нибудь, кроме своих лошадей, но когда Варвара Сергеевна прочла вслух потрясающие заголовки и остановилась -- Яков Бордюг произнес вдруг речь:

-- Ето выходить... Ето, стало быть, я теперь вроде... ето самое? Вот так здра-авствуй!

Возможно, что это была -- в очень сжатой форме -- декларация прав человека и гражданина. Как мог ответить на декларацию Александр III? Конечно, только так:

-- Молчи, дурак, тебя не спрашивают! Иди, запрягай лошадей -- живо!

Человек и гражданин Яков Бордюг почесался -- и пошел запрягать лошадей, как будто все было по-старому. Мы склонны объяснить его поступок действием многолетнего, привычного условного рефлекса. Когда Яков доставил в город Варвару Сергеевну, ее единственного и два чемодана, он в силу того же рефлекса распряг лошадей, засыпал им овса -- и вообще остался при лошадях.

В эту ночь свеклосахарные мужики сожгли столпаковский дом и завод. У Варвары Сергеевны сохранилось лишь то, что она привезла с собой в чемоданах, и то, что лежало у нее в сейфе. Тогда для хранения ценностей еще не были изобретены сейфы антисейсмической конструкции, как-то: самоварные трубы, ночные туфли, выдолбленные внутри поленья. Поэтому все содержимое сэйфа Варвары Сергеевны в октябре было поглощено стихией. Ей пришлось отступить на заранее заготовленные позиции -- в мезонине у часовщика Давида Морщинкера. Лошадей и экипаж она приказала продать в спешном порядке.

Яков Бордюг выполнил эту операцию в первый же базарный день -- в воскресенье. Вечером он, как каменный гость, прогромыхал по лестнице на мезонин, -- выложил перед Варварой Сергеевной керенки, николаевки, думки -- и сказал:

-- Ну... благодарим, прощайте.

В ответ -- разгневанный императорский бас:

-- Что-о-о? Иди, дурак, лучше в кухню -- самовар пора ставдть.

Бордюговские сапоги шаркнули вперед, назад, остановились: их душевное состояние несколько секунд было неустойчивым. Но условный рефлекс еще раз одолел: Яков Бордюг пошел ставить самовар.

И дровами, самоварами, печами он занимался в течение трех следующих глав.

В законе наследственности есть некая обратная пропорциональность: у гениальных родителей дети -- человеческая вобла, и наоборот. Если у генерала Столпакова были только табачные кольца и ничего больше, то естественно, что у Ростислава оказался настоящий талант. Это был талант к изливающимся в трубы бассейнам, к поездам, вышедшим навстречу друг другу со станций А и Б, и к прочим математическим катастрофам.

Общественное признание этот талант впервые получил в те дни, когда судьба, демонстрируя тщету капитализма, всех сделала одновременно миллионерами и нищими. В эти дни Варвара Сергеевна продала Давиду Морщинкеру три золотых десятки, и надо было это перевести на дензнаки. Бедная Морщинкерова голова, размахивая оттопыренными крыльями-ушами, неслась через астрономические пространства нулей, пока окончательно не закружилась.

-- Дайте-ка мне, -- сказал Ростислав.

Он нагнул над бумажкой криво заросший черным волосом лоб. Минута- и все было готово: бесконечность была побеждена человеческим разумом. Морщинкер воскликнул:

-- Так вы же, госпожа Столпакова, имеете в этой голове какой-нибудь клад! Это же недалекий будущий профессор!

Слово это, наконец, было сказано: профессор. Рукою бедного часовщика был зажжен маяк, осветивший весь дальнейший путь Варвары Сергеевны. Она теперь знала имя бога, какому она принесет себя в жертву.

Упоминание о боге, хотя бы и не с прописной буквы, -- в сущности, неуместно: сама жизнь в те годы вела к твердому научно-материалистическому мировоззрению. И Варвара Сергеевна усвоила, что талант составляется из ста двадцати частей белка и четырехсот частей углеводов, она поняла, что пока, до времени, до подвигов более героических, она может служить науке, только снабжая будущего профессора хлебом, жирами и сахаром.

Сахару не было. В бессахарном мезонине Яков Бордюг растапливал печку. У Варвары Сергеевны в груди материнское сердце скреблось, как крот, слепо отыскивая путь к сахару. На Якове Бордюге была надета стеганая солдатская безрукавка.

-- Поди сюда! -- вдруг скомандовала Бордюгу Варвара Сергеевна. -- Стой... Снимай! -- она ткнула пальцем в безрукавку. -- Так. Можешь идти.

Яков Бордюг ушел. Безрукавка осталась у Варвары Сергеевны. Зачем все это было -- пока никому непонятно.

Через неделю Варвара Сергеевна сидела в вагоне. Заря -- упитанная, розовая, буржуазная, еще во времена Гомера занимавшаяся маникюром -- с любопытством смотрела в окно. Возле окна, на мешках три гражданки спали кооперативно, кустом: приткнувшись одна к другой лбами. Над ними, качаясь, свешивалась рука с багажной полки, торчали чьи-то забытые руки из-под скамьи. Все руки -- красные от зари и от холода, но Варваре Сергеевне тепло: на ней та самая безрукавка Бордюга, густо простеганная... чем бы вы думали? Гагачьим пухом? Ватой? Нет, сахарным песком. Кроме того, ее материнское сердце согрето и еще кое-чем, о чем мы пока говорить не вправе. Какой-нибудь час -- и она дома, сама обо всем расскажет Ростиславу. Только бы благополучно проехать последнюю станцию...

Варвара Сергеевна осторожно запахнула на груди безрукавку -- так осторожно, как будто вот сейчас ее бюст вспорхнет и улетит. На скамейке напротив старичок неизвестного пола (бабья куцавейка и борода) понимающе взглянул на бюст, осенил себя крестным знамением и сказал:

-- Пронеси, Господи! Подъезжаем...

Погрозив хоботом, мелькнула в окна водокачка. Кооперативные гражданки вскочили. Кто-то сзади Варвары Сергеевны открыл окно и испуганно ахнул: "Идут!" Под окном на станции запел петух -- видимо, молодой: он знал только полпетушиной строфы. Но и этой половины было довольно, чтобы Варвара Сергеевна похолодела. Она торопливо скомандовала:

-- Закройте окно!

Никто не шевельнулся, все примерзли к своим корзинам, мешкам, чемоданам, портпледам, баулам: в вагон уже входили они, заградиловцы. Впереди шел веселый, тугощекий парень морковного цвета, сзади -- три бабовидных солдата с винтовками на веревочках.

-- Ну-ну, граждане, веселей -- расстегивайся, распоясывайся! -- крикнул морковный парень.

За окном молодой петушок опять начал -- и опять сорвался на половине строфы, как начинающий поэт. Если б только можно было встать и закрыть окно...

Но уже рядом стоял морковный парень и прищурясь глядел на одну из кооперативных гражданок.

-- Ты что, тетка, из Киева, что ли -- из киевских пещер?

-- Нет, что ты, батюшка, я из Ельца.

-- А почему же у тебя глава мироточивая? Чудо совершалось на глазах у всех: ситцевый платок у гражданки был сзади чем-то пропитан, что-то стекало у нее по шее...

-- Ну-ка, снимай, снимай платок! Ну-ка? Граждадка сняла: там, где у древних женщин полагалось быть прическе -- у гражданки была прическа из сливочного масла в вощеной обертке...

-- А у вас? -- морковный парень повернулся к Варваре Сергеевне.

Она сидела монументально, выставив, как волнолом, могучую грудь, как будто еще более могучую, чем всегда. Она молча, императорским жестом, показала на раскрытую ковровую сумку: там были только законные вещества.

-- Это все? -- парень остановился и острым мышиным глазом стал вгрызаться в Варвару Сергеевну.

Она приняла вызов. Она шла в бой, в конце концов, ради чистой науки. Она подняла голову, посмотрела на врага и впустила его в себя, внутрь -- как будто внутри ее не было ни сахару, ни...

-- Ку-кка-рекк... -- опять запнулся начинающий петушиный поэт за окном.

-- Да закройте же... -- начала Варвара Сергеевна и не успела кончить, как в вагоне произошло новое чудо: в ответ петуху за окном... запел бюст Варвары Сергеевны. Да, да, бюст: заглушенное кукареку сперва из левой, потом из правой груди...

Разоблачитель чудес с торжеством вытащил оттуда -- левого и правого молодых петушков. Кругом кудахтали от смеха. Госпожа Столпакова была, как послереволюционный Александр III: внизу кем-то вырезана позорная надпись, но он делает вид, что не знает о ней -- но зато знает что-то другое.

Это другое -- был сахар: стеганную сахаром безрукавку Варвара Сергеевна все-таки довезла.

И вот уже затихли бои, созданием мирных ценностей занялась вся республика -- в том числе, конечно, и Варвара Сергеевна. Ее ценности были: наполеоны, эклеры, меренги, бисквиты.

С корзинкой в руках она воздвигалась на базарной площади, где, понятно, уж всем была известна чудесная история о поющем бюсте. Сбоку или сзади тотчас же раздавалось "Куккаре-ку!" -- это человеческие петушки, как зарю, приветствовали Варвару Сергеевну.

Однажды петушиное пение, едва начавшись, оборвалось. Варвара Сергеевна оглянулась и увидела над толпою, над всеми головами -- чью-то одну голову на тончайшей, жердяной шее, чьи-то руки, погружающиеся в волны мальчишек. Затем покоритель мальчишек подошел к ней:

-- Вы меня помните? Я -- Миша.

Варвара Сергеевна сейчас же вспомнила: это был сын бывшего предводителя дворянства -- тот самый, какой играл теперь на трубе в ресторане Нарпита. Ростом он был даже чуть выше Варвары Сергеевны, но это был только человеческий каркас, не обтянутый мясом, и когда он двигался в толпе, казалось, что как во времени Марата -- добрые патриоты несут эту голову, поднятую на копье.

Теперь она была рядом -- эта трагическая, окровавленная голова -- кровь текла из носу и была пролита за Варвару Сергеевну... Варвара Сергеевна, ни секунды не колеблясь, взяла наполеон, отложенный для него, для единственного, для Ростислава и подала Мише:

-- Вот... не хотите ли?

Миша хотел. Он явно хотел не только наполеона, но и Александра III: он как бы нечаянно, робко коснулся могучего бюста, сейчас же извинился. В бюсте у Варвары Сергеевны запело -- но уже каким-то иным, не петушиным пением... С этого дня Миша был возле Варвары Сергеевны каждый базар.

Был май, было время, когда все поет: буржуи, кузнечики, пионеры, небо, сирень, члены Исполкома, стрекозы, телеграфные провода, домохозяйки, земли. В мезонине Ростислав, заткнув уши, наморщив косой лоб, сидел над книгой, Варвара Сергеевна -- перед раскрытым окном. За окном в сирени пел соловей, в Нарпите пела труба. Ростислав держал выпускные экзамены во 2-й ступени, -- и самый серьезный экзамен начинался для Варвары Сергеевны.

Письменные испытания начались на Троицу утром. Варвара Сергеевна спускалась с мезонина, чтобы идти к обедне. В самом низу темной лестницы она увидала заткнутый за щеколду букет сирени, а к букету была приколота записка следующего содержания:

"Я к вам -- с сиренью, а вы ко мне -- с молчанием. Я так не могу больше. Ваш М.".

За обедней Варвара Сергеевна увидела и самого "М." -- Мишу. При выходе из церкви Миша, конечно, оказался рядом с Варварой Сергеевной. Коллектив верующих тесно прижал их друг к другу, два сердца пели рядом, был май...

-- Вы... вы чувствуете: мы -- вдвоем? -- задыхаясь, сказал Миша.

-- Да, -- сказала Варвара Сергеевна.

-- И я хочу... чтобы мы... вообще вдвоем навсегда... Я играю на трубе в Нарпите, так что я могу... Варвара Сергеевна -- да говорите же!

Перед ней мелькнул нахмуренный косой лоб Ростислава единственного... Нет, уже не единственного! Несокрушимый, казалось, волнолом треснул, рассеялся на две половины, вступивших в смертельную борьбу, и у Варвары Сергеевны не было сил решить сейчас же, за кем она пойдет в этой борьбе.

-- Завтра вечером... Приходите... я вам тогда скажу, -- ответила, наконец, Варвара Сергеевна.

Завтра был решительный день для Ростислава: последний экзамен политграмота. И завтра был решительный день для Варвары Сергеевны.

Утром Ростислав убежал, еле хлебнув чаю. К обеду он вернулся, сияя косым треугольником лба: он победил, он выдержал!

-- Студент ты мой! Столпачонок мой, един... -- Варвара Сергеевна запнулась: нет, уже не единственный...

Снизу прибежал поздравлять Морщинкер и даже допущен был для поздравления Яков Бордюг. Утвердившись у притолоки, он начал приветственную речь:

-- Как, зныч, вы... вроде, например, лошадь на ярманке... и ежели благополучно продамши и, зныч, хвост в зубы...

Реалистические, рыжие сапоги его ерзали, он искал слов на полу, он мог каждую минуту наступить на них сапогами. От него пахло стихиями, кентавром, потом.

-- Ладно, ладно, спасибо... Иди к себе на кухню... -- сморщилась Варвара Сергеевна.

Яков Бордюг вышел, громыхая, как танк. Ушастой летучей мышью выпорхнул Морщинкер. В мезонине осталось трое: Ростислав, Варвара Сергеевна -- и тень нависшей над нею судьбы. Солнце садилось, тень становилась все длиннее.

Варвара Сергеевна ждала. Ей было узко дышать, она расстегнула пуговицы на груди, она раскрыла окно. Там, на свежих, только что вынутых из комода облаках, лежала заря, краснея от любовных мыслей. Ничего не подозревающий Ростислав читал газету.

Вдруг лоб у него перекосился, он крикнул, умирая:"Мама!" Варвара Сергеевна бросилась к нему:

-- Что ты? Что с тобой? Ростислав!

Он уже ничего не мог сказать, он только протянул ей газетный лист. Она схватила, обжигаясь, -- прочла...

В газете была статья о том, что необходимо, наконец, изменить социальный состав студенчества, о том, что в этом году первый раз прием будет происходить на новых основаниях, о том, что...

Не нужно было дальше и читать. Все было так же ясно, как ясен был социальный состав Ростислава. Все для него погибло.

Как капли холодного пота, на небе проступали звезды, в ресторане Нарпита зажигались огни. Вошел Яков Бордюг, громыхнул на столе самоваром и стал у притолоки. Варвара Сергеевна молча смотрела на него: пусть стоит, все погибло... она молча смотрела...

Вдруг она встала, воскресла: нет, не все!

Тотчас же снаружи, под окном -- робкий кашель: это он, Миша, пришел за ответом.

-- Да... Да! -- отвечая этому кашлю или какой-то своей мысли, сказала Варвара Сергеевна. -- Да: только это одно и осталось...

Было бы бестактным спрашивать сейчас у Варвары Сергеевны, что такое "это одно", но мы вправе предположить, что Александра III, чистую науку, Мадонну, мать -- все в ней сейчас победила женщина.

Женщина высунулась в окно. Оттуда на нее пахнуло пивом, сиренью, счастьем, оттуда донеслось чуть слышное, как запах, слово "Варечка". В бюсте у нее запекло, но сейчас же, на полуфразе, оборвалось.

-- Миша, я не могу сойти к вам... Миша, если бы вы знали, что произошло! Единственное, что мне теперь осталось... -- Пауза. И затем самым нежнейшим из всех своих басов: -- Ведь вы меня... любите? Да? И вы сделаете для меня все?

-- Варечка!

-- Тогда приходите сюда завтра в десять, и прямо отсюда же пойдем...

-- В загс! -- крикнул Миша.

-- Как вы догадались? -- удивилась Варвара Сергеевна.

Казалось бы, догадаться было нетрудно, и скорее удивительно было, что она удивилась. Но кто поймет до конца женскую душу, где -- как буржуазия и пролетариат -- рядом живут мать и любовница, заключают временные соглашения против общего врага и снова кидаются друг на друга? Кто знает, о чем, спустившись вииз, говорила она с Морщинкером и даже -- с Яковом Бордюгом? Кто объяснит, почему к утру подушка ее была мокрой от слез?

Ночью шел дождь. День настал свежий, обещающий, как новая глава. Ростислав еще спал, когда Варвара Сергеевна вышла из дому на улицу. Там уже ждал ее Миша, он сиял счастьем, крахмальным воротничком. Он только что хотел спросить о чем-то Варвару Сергеевну, как из калитки вышел Морщинкер, а за ним -- Яков Бордюг:

Миша понял: свидетели для загса. Морщинкер был в сюртуке, на Якове Бордюге был новый синий картуз -- он налезал на уши, на глаза, до времени прикрывая таинственность Бордюга.

Варвара Сергеевна вытерла платочком ресницы -- быть может, вспомнила Столпакова, табачные кольца, рейтузы... Это была последняя минута слабости. Затем она выпрямилась и повела за собой армию в бой.

Загс помещался теперь в "розовой гостиной" бывшего земства. Ничего либерально-розового там теперь уже не было, стояли голые столы, на стене висел строгий плакат: "Просят отнюдь граждан на столах не разлагаться". И под плакатом сидел человек, в кепке, как судьба -- одинаково равнодушный к разложению, к смерти, к любви и к прочим гражданским состояниям.

-- Вступаете в брак? -- сказал он, закуривая папиросу. -- Невеста? -- Он взял у Варвары Сергеевны документ, перелистал. -- Гм... Ростислав, семнадцати лет... Гм... Ваш сын?

Это было началом генерального сражения. Варвара Сергеевна стояла твердо, незыблемо, как Александр III. Она оглянулась, ее взгляд был императорским, императивным.

И, подчиняясь ему, Яков Бордюг подошел к столу и сказал:

-- То есть... это -- вроде как мой...

-- Как? -- человек за столом даже выронил папиросу.

-- Да, -- твердо сказала Варвара Сергеевна. -- Хотя он и записан как сын Столпакова, но он прижит мною от бывшего... от гражданина Якова Бордюга, который его усыновляет ввиду нового строя и вступления со мною в брак...

-- Как? -- крикнул сзади Варвары Сергеевны Миша.

-- ...и вот эти двое граждан, -- Варвара Сергеевна показала на Морщинкера и на Мишу, -- подтверждают мои слова.

Она еще раз оглянулась. Обрезанная белым воротничком, Мишина голова. Его посинелые губы еле выговорили:

-- Да... Подтвер... ждаю...

-- Да, и я говорю то же -- да, -- подлетел к столу Морщинкер.

Человек в кепке вынул из чернильницы муху, обмакнул перо, записал. Ростислава Столпакова больше не было: родился Ростислав Бордюг, теперь уже бесспорно -- студент и будущий профессор.

Когда вернулись на мезонин (втроем -- Миша туда не пошел), Варвара Сергеевна сказала Якову Бордюгу:

-- Ну, спасибо, Яков. Ты больше не нужен, иди... Иди к себе на кухню.

Но рыжие танки сапог не двигались, новый синий картуз прикрывал глаза, пахло кентавром, потом.

-- Иди же, ставь самовар, -- сморщилась Варвара Сергеевна.

Картуз вдруг соскочил с головы и полетел на кровать Варвары Сергеевны, Яков Бордюг с грохотом сел на стул, програбил пятерней караковые лохмы и сказал:

-- Иди, ставь сама.

Мотание. С раскрытым ртом, онемевший Александр III.

-- Ты хто мне теперь, -- жана. Ну, так и иди ставь. Слышишь, что я говорю.

Самодержавие пало. Мученица науки пошла ставить самовар.

СКАЗКИ

1914--1917

БОГ

Было это царство богатое и древнее, славилось плодоносностью женского пола и доблестью мужеского. А помещалось царство в запечье у почтальона Мизюмина. И был такой таракан Сенька -- смутьян и оторвяжник первейший во всем тараканьем царстве. Тараканихам от Сеньки -- проходу нет; на стариков ему начихать; а в бога -- не верит, говорит -- нету.

-- Да как же нету, бесстыжие твои глаза? Ты при свете вылезь да зеньки разинь. А то, ишь ты: не-ету...

-- А что ж, вылезу, -- хорохорился Сенька.

И вылез однажды. Вылез -- и ахнул: бог-то ведь есть и правда! Вот он, вот: грозный, нестерпимо-огромный, в розовой ситцевой рубашке, бог...

А бог, почтальон Мизюмин, чулок вязал: любил он этим рукомеслом заниматься в сверхурочное время. Увидал Сеньку Мизюмин -- обрадовался:

-- А-а, друг сердечный, таракан запечный, откуда ты, здравствуй!

Почтальону Мизюмину нынче выговориться обязательно надо, а больше, как с Сенькою, не с кем.

-- Ну, брат Сенька, женюсь я. Невеста -- первый сорт. Пойми ты, тараканья твоя душа: девица -- из благородных, и приданого полтораста рублей! Ох и заживем мы с тобой! Заживем, Сенька? А?

А Сенька от умиления глаза как вылупил -- так и остался: все слова позабыл.

У Мизюмина свадьба -- на красную горку, и заказала ему благородная невеста, чтоб до свадьбы обязательно купил себе новые калоши. А то чистый срам: уж который год носит Мизюмин отцовские кожаные скробыхалы номер четырнадцатый. И как только Мизюмин на улицу -- сейчас же за ним мальчишки:

-- Э! Э! Скробыхалы! Скробыхалы! Держи! Скробыхалы!

Навязал Мизюмин чулок -- и на Трубную пошел: чулки продать -- новые калоши купить. Подвернулись Мизюмину щеглы в клетке: не щеглы -- загляденье.

-- Сем-ка я лучше щеглят куплю? Калоши-то еще крепкие...

Купил клетку, поднес невесте в презент:

-- Вот чулки вязал -- продал, щеглят вам купил. Не побрезгуйте уж: от чистого сердца.

-- Ка-ак? Чулки? И опять в скробыхалах? Ну, не-ет, терпенья моего больше нету. Подумать только: за чулочника замуж! Не-ет, нет, и никаких разговоров!

Прогнала Мизюмина с глаз долой. Надрызгался в трак-тире Мизюмин, вернулся домой пьян-пьянехонек, за стены держится...

А на стене -- ждал бога таракан Сенька: умиленно слушать, как всякий вечер, что скажет бог.

Горькими слезами хлюпал, шарил рукой по стене почтальон Мизюмин. И ненароком как-то задел пальцем Сеньку, полетел Сенька торчмя головой в тартарары в бездонное.

Очнулся: на спине лежит. Берега -- гладкие, скользкие; глубь страшенная. Еле-еле, далеко гдей-то потолок виден...

И взмолился Сенька своему богу:

-- Вызволи, помоги, помилуй!

Нет, глубь такая -- и богу, должно быть, не достать, так тут и сгинешь.

...Горькими слезами хлюпал почтальон Мизюмин, подолом розовой рубашки утирал нос.

-- Сенька, Сенюшка, один ты у меня остался... И где же ты... И куда ж я тебя, милый ты мо-ой...

Нашел Сеньку Мизюмин в своем скробыхале. Пальцем выковырнул Сеньку из бездны -- скробыхала номер четырнадцатый -- и на стену посадил: ползи. Но Сенька даже и ползти не может, прямо очумел: до чего нестерпимо велик бог, до чего милосерд, до чего могуществен!

А бог, почтальон Мизюмин, хлюпал и подолом розовой рубашки утирал нос.

1915

ПЕТР ПЕТРОВИЧ

Умнее Петра Петровича в целом свете нету: и все думает, и все думает, сопли распустит -- и думает.

А сопли у Петра Петровича -- лиловые, а происхождения Петр Петрович индейского. А жена у Петра Петровича -- клюшка Аннушка, рябенькая: другой месяц женаты.

И как вылупились из земли слепые еще головенки первых трав -- занасестилась Аннушка. Причесываться перестала, расшершавилась -- ходит и квохчет и охает, а Петр Петрович на одной ноге стоит и думает, думает: вот -- яйца, с рыженькими веснушками; а не нынче-завтра из них индюшата выйдут, желтые, как одуванчик, пуховые, как одуванчик.

-- Ну до чего интересно!

А рябенькая Аннушка -- свое бабье дело делает: в кошелке на яйцах сидит. Неделя, другая. Извелась Аннушка, не пьет -- не ест, с места не сходит.

Петру Петровичу не терпится.

-- Ну, как там у тебя?

Краснеет Аннушка:

-- Да теперь уж, поди, как следует. Только еще пушком не обросли. Еще недельку бы надо.

-- Ну-у: неделю! Так и не дождешься. Экие вы, бабы!

Умнее Петра Петровича в целом свете нету, и все думает, и все думает: на одну ногу станет -- и думает.

И решил Петр Петрович: бабы -- известно, рохли, копухи, чего на них глядеть, надо по-нашему, по-индейпетушиному.

Пришел к Аннушке -- один глаз прищурен: хитрый -- беда!

-- Поди-кось попей, Аннушка. В лоханке -- вода свежая, а я без тебя за яйцами пригляжу.

Ушла Аннушка пить, а Петр Петрович -- в кошелку: кок -- одно яйцо, кок -- другое, кок -- третье. Теплые индюшата, дышат, ей-богу! Обрадовался -- вот как, и ну их из скорлупы тянуть.

Вытянул -- а они страшные, голые, хлипкие, и самое, где задик, с отонком яичным срослись жилами, кровью. Отдирать стал -- кишки тянутся, назад совать в скорлупу -- назад не входят.

Отскочил Петр Петрович, побледнели сопли -- и глядит, клюв разиня: яйца разбитые, и свесились через край желтенькие головки на нестерпимо-длинных, тоненьких шеях. И уж еле дышут.

Захлопал крыльями Петр Петрович -- и скорей через забор, пока Аннушка не увидела. Бабы -- они ведь какие: беда с ними!

1916

ДЬЯЧОК

Слыхано ли, чтоб кто-нибудь по выигрышному билету выигрывал, да не по газете, а взаправду, так, чтоб и деньги выдали? А вот выиграл же кураповский дьячок, Роман Яковлич Носик, и вчерашнего числа получил в казначействе пять тысяч. Теперь -- чисто царь: все может.

Роман Яковлич Носик -- сложения деликатного, и мысли у него -- деликатные, возвышенные: насчет облаков, стихов господина Лермонтова. А в кураповской церкви -- милее всего дьячку Моисей на горе Синайской, в облаках алых, золотых и лилейных.

Всю ночь дьячок ворочался с боку на бок: что бы это такое ему теперь сделать? И то хорошо, и это не плохо, да надо что-нибудь такое повозвышенней. И никак не придумать.

Пошел утром в церковь, Моисею-пророку помолиться. Только увидал Роман Яковлич нестерпимую синь синайскую и на самой маковке из облаков нездешний град -- сразу и осенило.

Прибежал к дьячихе:

-- Ну, мать, собирайся! Нонче выезжаем.

-- Да ты спятил, что ли? Куда тебя буревая несет?

А дьячок от волнения уж вовсе невнятен:

-- Жа-жалаю, чтоб, значть, к-как Моисей... На горе Синайской... чтоб, значть, облака...

Ехали, ехали, текала, охала, пилила дьячка всю дорогу дьячиха. Приехали, стой: Кавказ называемый. Гора -- две капли воды -- Синайская, и зацепились за маковку неописанной красы облака.

Только хотел дьячок на колени пасть -- глядь, стоит телега парой, на грядушке -- солдат кривой:

-- Пожалте, Роман Яклич, я за вами.

-- Чего такое? Кто послал? Куда?

-- А на маковку, в облака в самые... -- и такой у кривого солдата глаз пронзительный, так насквозь и низает. Жуть, а ехать все равно надо: сел Роман Яковлич с дьячихой на телегу -- и покатили.

Сорок дней -- сорок ночей на маковку ехать. Дьячиха -- знай себе подзакусывает да чай с молоком пьет. А дьячок -- будто к причастию, не пьет -- не ест, исхудал, лицом посветлел. Уж будто видать и соборы синекупольные, и зубцы белые, и завтра Роман Яковлич, как Моисей, -- в облаках...

Под сороковой день ночью на постоялом лошадей кормили.

-- Ну, завтра -- чуть свет приедем... -- И показалось, кривой солдат подмигнул: -- Время есть, -- может, назад повернуть?

-- Что ты, кривой, господи помилуй! На самый напоследок -- да повернуть?

Закрылись веретьем да сверху армяком дьячковым, улеглись в телеге дьячок с дьячихой, погнал лошадей солдат. Дьячиха давно уж храпит, а дьячку -- не до сна, сердце колотится, а нарочно глаза закрыл: потуда не откроет, покуда не осияет нестерпимая синь синайская, не запоют нездешние голоса...

И случился грех: уморился ждать, задремал дьячок, как и приехали, не учуял. Только слышит -- гаркнул кривой солдат:

-- Вставай, Роман Яклич, приехали!

Стал дьячок глаза разожмуривать, потихоньку-потихоньку, чтоб не ослепнуть. Раскрыл: мга, изморось, осень, слякоть...

-- Ты чего ж, кривой, брешешь, чертов сын? При-е-хали! А облака-то где?

-- А это самые облака и есть, друг ты мой Роман Яклич... -- да как загогочет -- и пропал, и нет никого: одна изморось, мга, туман.

1915

АНГЕЛ ДОРМИДОН

Был такой глупый ангел, по имени -- Дормидон.

Все ангелы, известно -- от дыхания божия: дохнёт господь -- и ангел, дохнёт -- еще ангел. А тут погода была плохая, чихнулось -- и вылетел ангел от чоха, оттого и несуразный. Рыластый, глазами, это, все туды-сюды, туды-сюды, и на левой руке, на мизинце, кольцо с аметистом: ну под стать ли это ангелу-то? А как до дела -- так ему чтоб сразу все, с бухты-барахты, а потом и завалиться дрыхнуть. Так уж его терпели на небе, из милости больше.

И приставили глупого ангела Дормидона за мужиком ходить. А мужик -- тоже хорош: пьяница забубенный.

Ходил, это, ходил Дормидон за своим мужиком по всем целовальникам -- никак толку нет.

"Ну коли так, -- думает, -- ладно. До белой горячки тебя допою, а потом уж сразу и раскаю".

И мужику на ухо:

-- Вали, брат, наяривай! Ну-ка, еще по одной!

И побежал мужик по деревне не в своем виде, без штанов, буянит -- мочи нет, а в руках цеп: за своей же, мужиковой, тенью с цепом гоняется.

А Дормидон в воротах, за вереей, с мужиковым братом спрятался, и оба за животики держатся:

-- Ха-ха-ха! Так ее, такую-сякую! Так ее, лови!

Добежал мужик, тень -- нырь в ворота. Мужик за ней:

-- А-а! Еще гогочешь, проклятая? Ну, посто-ой...

Да как ахнет цепом сплеча! Ангелу-то чего подеется, а мужиков брат -- так и свалился, как колос: мертвый.

Полетел глупый ангел с донесением: так и так, происшествие. Взмылили ему голову, как надобно, а он стоит себе да перстень с аметистом вертит: как с гуся вода.

-- Ну, Дормидон, -- говорит бог, -- теперь уж как хочешь, хоть двадцать годов ходи, а чтобы у меня в рай мужика этого предоставил.

-- Фу-ты, господи: да неуж не предоставлю? Я-то? -- и к мужику, на землю.

А день был базарный: пошли с мужиком доски покупать -- мужикову брату на домовину, и веревок -- домовину спускать.

Мужик тверезый, зленный -- страсть! -- Дормидона так и чешет:

-- Во-от въелся, чисто репей в хвост собачий! Ты долго еще за мной будешь?

Дормидон -- будто и не ему: знай, перстень вертит. А у самого в голове, как гвоздь:

"И как бы это одним махом от мужика оттильдикаться?"

Глядь -- цыган мимо, свинью на аркане волокет: свинья визжит, упирается, веревка длинная, белая.

Увидал Дормидон цыгана с веревкой -- как по лбу себя хлопнет: батюшки мои, вот же... И мужику на ухо:

-- Покупай веревку-то, покупай. Веревка-то какая: нигде такой не найти.

Купил мужик. И только, это, вышли с Дормидоном на выгон -- ну, который за базаром выгон, -- Дормидон хвать цыганов аркан мужику на шею -- и поволок.

Мужик -- в голос:

-- Батюшки! Ослобони, родимый! Брат неприбран лежит! Куда ты меня?

А Дормидону -- потешно, ржет:

-- Ну-ка еще! Ну-ка еще? Не-е-ет, не уйдешь! Так без пересадки в рай и приволоку.

Брыкался-брыкался мужик, а под конец -- сел на землю колодой -- и все: поди сковырни.

Почесался Дормидон, поплевал на руки -- дюжий был -- за аркан покрепче да как завьется с мужиком вверх. И ходу, все пуще, только ветер свистит. На мужика и не оглядывается: тяжело на аркане, стало быть, тут мужик, ну и ладно, а что утих -- и того лучше.

Прилетел в рай, упыхался, ухмыляется Дормидон во весь рот: доволен.

-- Вот он, мужик-то ваш. Предоставил. Поглядели: а мужик лежит, не копнется, синий весь, язык высунут. Готов.

Осерчал тут господь -- не приведи господи как...

-- Предоста-авил! Дурак ты, дурак набитый! Сейчас -- вон, и чтоб духу твоего не было!

Обчекрыжили Дормидону крылья -- и на землю сослали. Пока, это, еще опять до ангелов дослужится.

1916

ЭЛЕКТРИЧЕСТВО

У слесаря Галамея в поясницу вступило: мочи нет, одолел ревматизм этот самый окаянный. Галамей и то, и другое, и на пороге ему баба поясницу обухом секла, и мазево всякое -- ничего толку. Уж и за что взяться -- не знает.

А тут сосед какой-то возьми и накапай ему в мозги про электричество: одно-де тебе и осталось лекарство -- электричество от всех болезней может.

Утром чем свет Галамей взбодрился: одной рукой за поясницу, другою -- сапог натягивает.

-- Ты куда ж это ни свет ни заря? -- баба Галамеева спрашивает.

-- А электричеством, -- говорит, -- лечиться пойду. Одно мне только теперь и осталось.

-- Ой, батюшка, ты бы как полегче, дело-то такое -- умеючи надо. Ты бы сперва к доктору.

-- Дура-баба: а звонки электрические кто на почте наладил?

-- Ты-ы, батюшка...

-- Ну, то-то. И без доктора, мол-ка, управлюсь. У Галамея, брат, своя башка на плечах.

Взвалил проволоки медной круг -- и пошел. Посередь самой Тамбовской остановился, штаны расстегнул, проволокой себе пониже пояса обмотал, а на другом конце крючочек сделал -- и ждет. А рань еще, камни розовые, ставни закрыты, мальчишки в белых фартуках на головах корзины несут. И самый первый трамвай через мост гудит.

Услыхал Галамей, изловчился, накинул крючочек на самый трамвайный провод: ну-ка, господи благосло...

Ка-ак его шкрыкнет электричество это самое, заплясал, скрючило в три погибели -- и наземь свалился.

Ну, тут, конечно, шум, гам, кондуктора, пассажиры выскочили, оттащили Галамея. За доктором. Тер-тер, кой-как доктор оттер Галамея, открыл Галамей один глаз.

-- Ну, как? -- доктор спрашивает. -- Как чувствуете?

-- Ничего, -- говорит, -- не чувствую. Вылечился, слава тебе, господи.

И богу душу отдал.

1917

80

КАРТИНКИ

Пришел я к приятелю -- денег взаймы просить. Ни самого нет дома, ни жены нету: вышел ко мне в залу мальчик, чистенький такой.

-- Вы погодите немножко. Папа-мама сейчас придут.

А чтоб не скучал я, стал мне мальчик картинки показывать.

-- Ну, это вот что?

-- Волк, -- говорю.

-- Волк, верно. А вы знаете, волк, он травку не кушает, он овечков кушает...

И этак все картинки объясняет дотошно, ну, смерть -- надоел. Петуха раскрыл:

-- А это что? -- спрашивает.

-- Это? Изба, -- говорю.

Выпучил мой мальчик глаза, обомлел. Погодя, кой-как справился, нашел мне настоящую избу:

-- Ну, а это что?

-- А это -- веник березовый, вот что.

Улыбнулся мальчик вежливенько и доказывать стал: изба -- зернышки не клюет, а петух -- клюет, а в петухе жить нельзя, а в избе можно, а у веника -- дверей нету, а у петуха...

-- Вот что, -- говорю, -- милый мальчик: если ты сию минуту не уйдешь, я тебя в окошко выкину.

Поглядел мне в глаза мальчик, увидал -- правда, выкину. Заревел, пошел бабушке жаловаться.

Вышла бабушка в залу и стала меня корить:

-- И как же вам не совестно, молодой человек? За что вы милого мальчика? Ведь он вам истинную правду говорил.

1916

ДРЯНЬ-МАЛЬЧИШКА

Подарили Петьке игрушку: голубоглаза, маленькие ручки, шелковые кудри, разные там кружевца да прошивки. А уж это-то как замечательно: нажать хорошенько -- и сейчас тебе скажет: "лю-блю", да еще и глазки голубые закатит.

Играть бы да играть Петьке да родителей благодарить: не всякому такие игрушки дарят. Так вот нет же: глупый мальчишка, больно уж умен не в меру. День поиграл, другой.

На третий -- пожалуйте:

-- Отчего глазами так делает? Отчего пахнет хорошо? Отчего "лю-блю"?

Перочинный ножичек, да вспорол, да до всего и добрался, отчего что.

А только ничего интересного: для томных глаз -- шарики какие-то свинцовые; под розовым атласом -- кожей -- гнилые опилки; для "лю-блю" -- резиновый пузырь с дудкой.

Зашили потом родители кое-как, да уж не то: "лю-блю"-то уж не умеет делать.

Петьку выдрали: глупый мальчишка -- будет знать, как игрушки портить. Говорёно сколько раз: игрушки -- для игры, а не хочешь играть, дрянь-мальчишка, отдай другому. А то ишь ты: внутри ему глядеть надо, ломать ему надо.

-- Не ломать, не ломать, не ломать!

Так его.

1915

ХЕРУВИМЫ

Всякому известно, какие они, херувимы: головка да крылышки, вот и все существо ихнее. Так и во всех церквах написаны.

И приснился бабушке сон: херувимы у ней в комнате летают. Крыльями полощут по-ласточьи, под самым потолком трепыхаются. Прочитала им бабушка Херувимскую и всякую молитву про херувимов вспомнила -- прочитала, -- а они все под потолком трепыхаются.

Так стало жалко бабушке херувимов. И говорит -- какому поближе:

-- Да ты бы, батюшка, присел бы, отдохнул. Уморился, поди, летать-то.

А херувим сверху ей, жа-алостно:

-- И рад бы, бабушка, посидеть, да не на чем!

И верно: головка да крылышки -- все существо ихнее. Такая уж их судьба херувимская: сесть нельзя.

В нелепом сне над старой бабкой Россией трепыхаются херувимы. Уж умотались крылышки, глянут вниз: посидеть бы. А внизу страшно: штыки -- и взираются херувимы вверх со всего маху.

-- Упразднить законы -- вопче.

Уж под самым потолком трепыхаются, уж некуда дальше, а надо: такая их должность херувимская -- трепыхай дальше:

-- Рубить головы гильотиной.

-- Ой, батюшка херувим, отдохнул бы, присел...

-- Я рад бы, бабка, да никак нельзя...

И не нынче-завтра встрепыхнет херувим дальше:

-- Пытать на дыбе. Сечь кнутом. Рвать ноздри.

Жалко херувимов, такая их судьба несчастная: в нелепом сне трепыхаться без отдыху, потолок головой прошибать, покуда не отмотают себе крылышки, не загремят вниз торчмя головой.

А внизу -- штыки.

Глаза

-- Ты -- собака.

Шелудивый тулуп -- был, быть может, белый. На хвосте, в обвислых патлах, навек засели репьи. Одно ухо-лопух вывернуто наизнанку, и нет сноровки даже наладить ухо.

У тебя нету слов: ты можешь только визжать, когда бьют; до хрипу брехать, когда велит хозяин; и выть по ночам на зеленый горький месяц.

Но глаза... зачем у тебя такие прекрасные глаза? Поднимаешь глаза вверх, глядишь глазами в самое мое нутряное нутро, мы говорим глазами в глаза, и я знаю: ты -- древняя, мудрая, мудрее нас. Быть может, ты некогда была человеком, и ты им будешь вновь. Но когда же ты будешь?

Седой хозяин держал тебя на цепи, в грязной конуре. Ты лакала помои из грязной черепушки. Ты грызла хозяйские оглодки. И ты ретиво стерегла хозяйское добро.

Помнишь: жаркий день, тарантас посеред двора, навалили ковры, самовары - и уехали. Ты ждала. Разгуливала по двору красноухая клюшка, поглядывала одним глазом на коршуна вверх, собирала индюшат под крылья. Накрыла конуру тень от водовозки: тарантас все не возвращался. И помнишь: наутро ты вцепилась в красноухого индюшонка, схряпала мигом -- и только одни белые, обрызганные красным, перья у конуры.

И как потом плеткой-двухвосткой хлестал по глазам хозяин. Совсем близко была его налитая, в седых кустах, морда, но ты не вцепилась: ведь это был хозяин. И только из глаз точились тихие собачьи слезы, пролагали желтые желобки от углов глаз к носу.

А наутро -- помнишь? -- прижавши морду к земле и засунув хвост между ног, ты по грязи ползла хозяину навстречу, виляя задом, ты лизала хозяину руку. И когда милостиво потрепали по загривку -- ты радостно повалилась на спину -- прощена! -- ты щурилась и дрыгала ногами, ты звенела цепью и наружу вывалила весь свой срам.

От одной с собачьим месивом черепушки до другой -- ты

меряла время. От жарыни желтел на дворе просвирник. Солнце -- огненный пес -- распялив красную пасть, пыхало пылом прямо в тебя. Не в силах скинуть шелудивую шубу -- ты задыхалась, у своей конуры лежала как мертвая, и только жил, ходил ходуном высунутый наружу язык.

Но пришел во двор -- ты помнишь? -- щуплый, прыщавый человечий щенок. Ты забыла все, ты вздыбилась на дыбы -- душил ожерелок -- хрипела и бешено, с пеной лаяла: прыщавый был чужой, был хозяину недруг, хоть вместе с хозяином заглядывал он в курник, в выход, в каретный сарай.

Больше ты не видела седого хозяина: он непонятно исчез, как вечерами непонятно для тебя исчезало солнце за каретным сараем. Утром -- помнишь? -- тебе принес черепушку уже тот, прыщавый; в черепушке был кус тухлого мяса. С урчанием ты проглотила мясо и, волоча брюхо в пыли, по-червиному, ползла ему навстречь и лизала ему руки,-- тому самому, на кого вчера бешено брызгала пеной: ведь это он, прыщавый, он, великий, повелевал теперь черепушкой. И не все ли равно, кто тобой владеет? Была бы поганая черепушка полна.

Твой новый хозяин -- был затейщик. Вечера,-- ты помнишь? Пахло из закуты парным молоком, шуршали, примащивались на нашесте куры, а тебя дразнили огрызком сахара и кричали: служи! Как к небу -- к слюнявому огрызку сахара -- ты поднимала глаза, свои человечьи глаза, и, звеня цепью, неуклюже плясала на задних лапах из-за слюнявого огрызка сахара. Ты помнишь вечера? На варке богомольно вздыхала корова, хрустела сладкой свекольной ботвой. А тебя для потехи спускали с цепи, травили тебя на кошку: ату ее! И, однажды,-- ты помнишь, ты никогда не забудешь: кошка увязла в щели под забором, раз! -- прыжок -- и ты, урча, уже мотала головой, рвала и вгрызалась в кошкино брюхо, а прыщавый гоготал, и кагакали в курилке взбуженные гуси, индюшки и куры. А потом усталая, у входа в конуру, ты звенела цепью и сосала слюнявый огрызок сахара. Но глаза были зажмурены, чтоб не видно было, что они похожи на человечьи, и всю ночь ты вздыхала: о чем вздыхала?

От черепушки до черепушки ты меряла время. Твой собачий мир -- конуру, водовозку и каретный сарай -- накрыло серым, сырым веретьем -- осенним небом: ты мокла покорно. Вылезало солнце, в трех багровых студеных кругах --

багровое, как кровь загрызенной кошки: ты треской тряслась от стыди. Ты покорно таскала сосульки на шубе; кололи, лечь было нельзя -- ты покорно таскала, пока сами собой не растопились сосульки, пока юркие, как ящерки, не зажурчали ручьи, не поволокли навозные комья вон со двора. Своими глазами -- человечьими -- ты глядела весь день на солнце, за солнцем ходила кругом конуры -- ходила весь день, звенела ржавой цепью. И закрутилась, запуталась вокруг шеи, ты рванула -- и лопнула цепь.

Секунду стояла остолбенело -- и эх! -- взвилась. Через забор, по талым сугробам, с мокрым брюхом -- пар валом валит -- ты носилась, пьяная от солнца, от воли, от чуть приметного парного курева земли из-под снегу. И где-то под голым, черным еще, переплетом сирени на синем небе, где-то ночью в проулке, на кучах теплой золы, среди пьяных весною и волей...

Черепушки не было, нечем было измерить время: может -- день, может -- месяц. Но это не был день: уж слишком жестоко голод закорючивал в брюхе кишки.

И ты помнишь: ветер с духом горьких сиреневых почек, на заборе -- взгальный галочий гам. Облезлым боком ты вжималась в самый мокрый забор и, засунув хвост между ног, плелась, плелась. Оборванная цепь лязгала по земи.

На дворе -- огарнули тебя с гоготаньем: ага-а! Ты легла у старой конуры и подставила шею. Прыщавый напялил на тебя новый, сверкающий ожерелок -- с веселым, звонким бубенчиком -- и новую цепь. К морде пододвинули черепушку -- в ней громадный кус тухлого мяса. И помнишь? -- ты лопала, ты жрала, ты трескала -- пока не раздулась.

Прыщавый милостиво потрепал тебя по загривку, ты повалилась на спину и задрыгала всеми четырьмя ногами, позванивая цепью и веселым бубенчиком на ожерелке. Ты лизала руки хозяину. Ты налопалась до отвалу -- и что тебе цепь? Ведь ты -- дворняга.

У тебя нету слов. Ты только можешь визжать, когда бьют; с хрипом грызть, кого прикажет хозяин; и выть по ночам на горький зеленый месяц.

Но зачем же у тебя такие прекрасные глаза? И в глазах, на дне -- такая человечья грустная мудрость?

1917.

Землемер

1

В расчетах выходила неувязка, надо было проверить два-три угла. Землемер пошел в поле -- последний раз.

На парах -- полын осыпался сухой, желтой пылью. Веял ветер, пел ветер весь день -- и душно было еще пуще от ветра. Еле тащил себя землемер на чудных своих мушиных ножках, ботинки дамские -- французские каблуки спотыкались о колочь Угрюмо с вешками шли каликинские мужики, и только Митрий, маляр, не замолкал ни на минуту все о том же, насчет управляющего Лизаветы Петровны

-- Вот она книжка, да-с,-- размахивал Митрий записной книжкой.-- И здесь доклад: я это в городе все произошел, да-с. И совершенно очевидно, что господин управляющий продал нам землю вульгарно и неправдоподобно. Не такое нынче время, чтобы продавать, да-с...

У Митрия правый глаз от паралича прищурен, одна бровь выше, другая ниже -- все будто подмигивал, и никак не мог землемер привыкнуть.

На губах у землемера -- полынная горечь. Оглядывал -- последний раз -- желтые одонья хлеба, лиловые чаберные луга, ослепшую от зноя Мечь внизу -- и все складывал в заветную шкатулочку: увезти с собою в Москву. И вслух, неожиданно для себя, спросил -- должно быть, себя же:

-- А Лизавета Петровна -- как же?

Маляр Митрий поглядел хитро прищуренным глазом.

-- Лизавета Петровна -- что ж: никаких законнонарушительных пороков за нею не знаем. Прогуливает себя с белой собачкой, только и делов... да-с...

Кипенно-белого Лизаветы Петровны фокса землемер тоже запер в шкатулочку и заковылял дальше. Гумном подходили уже к сыроварне. Тут землемер по воскресеньям читал мужикам про молочное хозяйство и с Лизаветой Петровной вместе, как будто так еще недавно, учил их есть сыр.

У сыроварни стали прощаться. Пожимал землемер шершавые, из сосновой коры руки, схватывало горло -- не с ними прощался,-- слова спотыкались.

-- Ну, с п-п-покупкой вас. Л-ли-лихом меня не помянете, худого ничего не сделал?

Невнятно загалдели, все одинаковые -- из сосновой коры, только бороды разные: калачом, сосулькой, пасьмом льняным, козьим хвостиком.

Вытолкали вперед калача: круглая, рыже-румяная, как поджаренный московский калач, борода

-- ..Ишь вот ребята говорят, насчет мыла ты нас дюже обидел. Неладно это -- над людьми изгаляться

-- Какого мыла?

-- ...Мы этого самого мыла тогда фунтов пять приели. Желтенное, вонюченное, и глядеть-то гаведно, а ты -- народ кормить, а сам с барыней потешаешься

-- Господи, сыр же это, говорил же я! -- засмеялся землемер: нельзя было не засмеяться.

И стало от смеха нестерпимо: было согнуто в одну сторону -- смех перегнул насильно в другую -- и хрустнуло. Почуял землемер: будет смеяться все пуще, махнул рукой -- и побежал в дом. Большая, прекрасная, с длинными черными волосами землемерова голова нелепо болталась -- чужая мушиным ножкам голова -- с трудом нес чужую голову. Мужики сзади гоготали -- знал землемер: все над теми же его бабьими полусапожками на высоких каблуках -- и сам смеялся все пуще.

Лизавета Петровна была еще у себя, наверху. Землемер один, в угловой бильярдной, укладывал чемодан. Значит, опять -- Москва, протабаченная пустая комната, и, быть может,-- уж никогда больше в жизни...

Показалось: потуикивание легких шагов в гостиной. Выбежал: никого, пусто. И только где-то легонько в венцах дубовых стен или в красного дерева креслах -- поскребывал шашель. Вспомнил, как-то раз бухнулся с размаху в кресло, а ножка-то -- кряк вместо дерева -- внутри уж труха, дым. Нянька Авдевна выметала, ворчала под нос:

-- У нас все чуть лепито, а ты эка, батюшка бякнулся как.

"Все -- чуть лепито,-- думал землемер,-- чуть потяжелее, чем сон. Дохнуть -- и нету. И не надо дышать не надо говорить, называть вслух: пусть -- сон..."

После обеда сидели с Лизаветой Петровной на балконе -- последний раз. Тени от лип быстро длиннели, налегали все тяжелей. Под полом начали точить свои ножички три-четыре сверчка. Всё острей ножички, и в виске бьется все чаще.

-- Полем проходил -- хлеб-то уже в одоньях ст-стоит...-- будто бы про хлеб землемер, но Лизавета Петровна -- слышала про что.

-- Да, вот и конец лету...-- Помолчала.-- Так вы это окончательно решили: завтра?

-- О-к-к-кончательно. Да оно, может, и лучше так-то.

-- Вы так хорошо знаете, что лучше? -- и где-то еще ближе от Лизаветы Петровны, еще чаще заточили сверчки.

Землемер усмехнулся:

-- Вернее знаю, что хуже. Вот я нынче с астролябией ходил-ходил, жарища, и про к-к-квас думал: ничего нет на свете лучше квасу. А оказалось: квас -- как квас, и даже м-му-ммуха в квасу.

Посвистывал землемер что-то веселенькое. В кармане отыскал ключ, стиснул из всех сил, бородка -- острая, так хорошо, что острая, и глаз не отрывал, запоминал навсегда: золотой туман волос, голубые жилочки на висках у Лизаветы Петровны, и всю ее -- чуть лепитую, хрустальную.

Так было все два месяца: посвистывал землемер и будто бы усмехался и ни разу не сказал вслух. А завтра уедет -- и всё.

Лизавета Петровна взяла с полу кипенно-белого фокса Фунтика. Медленно, с закрытыми глазами, тихонько прижимала Фунтика к груди. И так же тихонько стискивала землемерово сердце, было страшно поверить, боялся землемер шелохнуться -- рассыпется всё, как сон.

И нет силы молчать. Вскочил землемер, забегал по балкону Половицы с дырьями, старые, застонали.

-- Ли-ллизавета Петровна...-- и споткнулся. в какую-то дыру попал высоким каблуком, застрял, не вытащить -- засмеялся, вспомнил землемер -- бабьи свои полусапожки с пуговками.

Сел в кресло, нарочно положил нога на ногу, чтоб видно было, чтобы больнее,-- нагнулся к каблуку.

-- Хм, по вашим полям ходючи -- каблуки стоптал. На моих французских каблуках -- да по колочи.

-- Вы другого разговора не придумаете -- для сегодняшнего вечера хотя бы? -- Лизавета Петровна сбросила Фунтика с колен, встала.

-- Ну что же вам? Насчет луны чего-нибудь? Так и на луну туча насела.

Туча была темно-лиловая, узкая и длинная, как язык.

-- Язычина-то с неба какой нам высунут, а? -- глядел вверх землемер.-- То есть, до чего п-п-подхо-дяще: именно -- язычина с неба...-- закатывался землемер.

Лизавета Петровна молча ушла в комнаты. Землемер посидел еще один. С пустыря тянул зеленоватый, горький от полыни и от луны, ветер. Сверчки затихали.

На дорожке увидал землемер белого Фунтика. Подозвал к себе -- взял на руки. Но оглянулся назад на окна: в окне что-то белело. Скинул Фунтика с дорожки ногой -- и пошел прямо, к пустырю.

За ужином говорили о земле, о купчей с каликинцами, о бунтах, о мужичьем царстве. И все землемер смеялся: что-то про Митрия, маляра,-- и смеялся, опять про язычину с неба -- и смеялся.

У буфета стояла нянька Авдевна -- разлатая, книзу широченная, как матрешка. Не вытерпела Авдевна землемерова смеха:

-- Уж больно ты мнимый об себе человек, погляжу я. И все смеется, и все ему чудно. Ну только Бога не пересмеешь, брат, не-ет!

Но землемер не унимался. И только когда ушла Лизавета Петровна наверх и остался один -- затих. Сидел, оплывала свеча. Налево в окне проступало далекое зарево: где-то горела помещичья усадьба. Все по забывчивости взглядывал землемер на стенные часы, и все было на часах половина второго: уж сколько годов часы стояли, и только тихое тиканье грусти, и шашель потукивает в стенах.

2

Канун второго Спаса, бабы скребли пол, сажали пироги с яблоками в печь. И наверху -- тоже, чисто хлебную печь разжарили: так и пыхало пылом вниз. Куры языки повысунули, бродили осовелые. Воробьи трепыхались в золе. Для малярной работы -- самое любезное время, и взгромоздился Митрий на крышу к лавочнику Ивану Иванычу: зеленым колером к празднику покрыть железную крышу.

Ясное дело -- перед праздником был Митрий немного навеселе и распевал любимую свою песню:

Мине кстили у трактире-кабаке,
Окурнали у виноградном у вине,
Отец крестный -- целовальник молодой.
Мамка крестна -- Винокурова жана

Сам шершавый и взъерошенный, как воробей драчливый,-- с воробьями разговаривал Митрий по-товарищески:

-- Ну что, братцы, праздник? Эх, и дрызнем! Да-а-с... Ну куда вы, куда? Кши! Ножки в зеленое замараете.

А внизу ребятенки чистили носы, сосредоточенно и подобострастно поглядывали вверх на Митрия.

И случилось -- увидал сверху Митрий: бежит по улице Фунтик Лизаветы Петровны, кипенный-белый. Бежит -- и все на сторону сбивается: должно быть, еще с той поры привычка осталась, как был у Фунтика хвост, перевешивал на сторону. И замахал Митрий ребятам:

-- Держи, держи, братцы! Держи собаку барынину!

Бросили ребята свои носы, растопырили руки, вдогонку за Фунтиком -- только зола завилась. А Митрий уперся в бока, гогочет и все кому-то правым глазом подмигивает.

Приволокли Фунтика, завозились над ним кучей ребята внизу. И пришло в голову Митрию: устроить потеху.

Спустил вниз на веревке ведро с зеленой краской:

-- Курнай его, ребята, чего там! Курнай его в ведро-то, крась!

Выкрасили Фунтика в зеленое -- и отпустили. Страшный, слепой, зеленый -- как-то Фунтик все-таки дотащился домой и забился в свой уголок в столовой.

А во дворе, перед каретным сараем, закладывали уже тарантас, приторочивали чемодан землемеров. Землемер -- как улыбнулся с утра, как схватился рукой за тяж -- так и стоял. А Лизавета Петровна -- что-то будто делала, распоряжалась будто. Бегает-бегает и станет: что-то такое не позабыть бы, не упустить, а что -- никак вот и не вспомнить.

-- Ах, что же я: закусить на дорогу...-- встренулась Лизавета Петровна и побежала в столовую.

И услышала в столовой жалобный стон в углу: Фунтик -- зеленый. Хлынули слезы -- за все сразу. Бросилась перед ним на колени, заломила руки:

-- Фунтик мой, миленький мой, миленький! За что? Фунтик мой миленький!

Было слышно и во дворе. Спотыкаясь, помчался землемер в дом и увидел: страшного зеленого Фунтика и Лизавету Петровну -- в перемазанном зеленой краской белом платье, и слезы -- утирать не могла -- сыпались слезы на пол, как слепой дождь, на пол.

Забыл землемер обо всем, нагнулся и стал гладить волосы Лизаветы Петровны, закрыл глаза, прижал к себе голову тихонько-тихонько, как вчера -- прижимала Фунтика Лизавета Петровна, и такая же боль в сердце.

Ничего не сказала Лизавета Петровна, только минуту еще сильнее молча сыпались слезы на пол. Потом встала и тихо обернулась к землемеру:

-- Может быть, еще не поздно?

"Нет! Не поздно!" -- хотел закричать землемер. Но увидел: подавала ему Фунтика Лизавета Петровна: это о Фунтике -- не поздно.

-- Может быть, и поздно, но я п-п-попробую,-- ответил землемер.

Фунтика вымыли бензином, но и бензин не помог: глаз не открыл Фунтик, так к вечеру и помер.

Провозился с Фунтиком землемер -- совсем из ума вон про тарантас, про чемоданы. Глянул на часы: сегодня уж и думать было нечего. Конфузливо спрятал от Лизаветы Петровны глаза:

-- Я велю от-отложить. Завтра придется ехать. Уж вы м-м-меня простите.

-- Прощаю,-- улыбнулась Лизавета Петровна. Глаза были заплаканы, но, омытые, сияли, хрусталь был синий.

А землемер -- все вожжи растерял: ни посвистеть, ни усмехнуться, сидел в кресле тихий -- дохнуть страшно. И только в глазах-колодцах скакали колодезники с красными фонарями, все выскочить норовили наружу, да глубоко не выскочить.

Все еще не шла Авдевна с самоваром, замешкалась чего-то. И уж хотела сама Лизавета Петровна на кухню идти -- как вкатилась Авдевна, без самовара: какой там самовар! Вся была обвислая, невиданная. Упыхалась, охала, приперла дверь спиной и руки растопырила -- будто кто гнался за ней -- не пускать.

-- Приехали...-- никак не отдышится.

-- Кто приехали? -- вскочила Лизавета Петровна.

-- Да каликинцы наши, кто же еще. О Господи, говорила тебе -- уезжай... С телегами, тебя требуют Что же это будет-то, о Господи!

Твердо ступая ножками на французских каблуках, понес землемер свою -- чужую -- громадную голову так рисуют Симеона-мученика с своей головой на руках. И вся в ознобе, кутаясь в шаль, вышла Лизавета Петровна.

Под тихой, зеленоватой луной копошились разные бороды: калачи, сосульки, пасьма льняные, козьи хвостики. Калач выступил вперед, легонько, как ребенка, отвел землемера с дороги и поклонился Лизавете Петровне:

-- Уж не прогневайся, Лизавета Петровна: хлеб из амбара выберем и скотинку там. Никак нельзя: конный по селам ездиит

-- Какой конный?

-- Какой-какой, известно какой. Да ты не бойся мы тихо-благородно. Управителя спалим -- это уж верно. А насчет чего прочего -- тихо-благородно.

Откуда-то вынырнул Митрий подмигнул глазом, язык у него заплетался:

-- Н-никаких закононарушительных... жи-жизнен-ных пороков... С собачкой... И потому: ш-ш-ш! Прошу! Чтоб всё тихо!

В гостиной Авдевна всхлипывала, пихала в корзинку серебряный кофейник, вышиванье, зимние ботики Лизаветы Петровны. Лизавета Петровна подошла к землемеру:

-- Ну куда же мы теперь?

От **мы** -- взмыло землемера, вырос сразу.

-- К Устряловым -- шестьдесят верст,-- вслух считал землемер.-- На станции -- весь день ждать. А что если в монастырь, в Троекурово?

Это было правильно: к рассвету будут там, и от станции недалеко. Заложили тарантас, бросили корзинку и чемодан землемеров. С гумна шел скрип тележный и гвалт, как с ярмарки. Авдевна утиралась фартуком, прощалась с Лизаветой Петровной, как навсегда.

На повороте Лизавета Петровна оглянулась на дом: в окнах зала медленно двигался подслепый огонек -- Авдевна со свечкой. Хоть и тихо-благородно, а кто знает: может, и не увидать больше дома?

-- Часы жалко... в столовой... Хоть они и не ходят...-- дрожали губы у Лизаветы Петровны.-- И Фунтика -- жалко. А впрочем...-- и улыбнулась.

3

Обедня была праздничная, церковь битком набита. Вчера святили яблоки, еще осталась на клиросе чья-то корзинка с янтарным аркадом: пахло яблоками, воском и новым, нестираным, ситцем. В нос, однотонно, тонко пели монашки. Два мужика волокли под руку кликушу -- причащать. Желтые глаза ввалились, кликуша кликала дико, а рот у нее закрыт, и будто кликал чей-то нечеловечий голос под сводами.

Фунтик зеленый, и бороды под луной, и кликуша, и в монастыре с Лизаветой Петровной вдвоем, как на острове... Натянулась тетива в землемере, звенела все выше, и вот еще секунда -- и сам завопит в одно с кликушей.

-- Я не могу. Выйду...-- нагнулся землемер к Лизавете Петровне.

Лизавета Петровна, на коленях, молча и упорно о чем-то молилась, должно быть, все о том же, и не сразу услышала землемера.

Кой-как протолкались наружу. В липовой аллее, в тени, полегчало, отпустило. Зачем-то сорвал землемер ветку, поглядел: маленькие липовые орешки, желтые, как воск, восковые цветы -- вроде венчальных или смертных.

-- А ведь после обедни нам номера обещали,-- вспомнил землемер.-- Может, освободились уже, пойдемте?

Мать ключница сидела у гостиницы на каменной скамье, уписывала большую, полтинничную просфору. И сама -- просфора: только еще больше, пятипудовая.

Белая, бокастая, толстая -- как просфора, добродушная, уютная, вкусная -- как просфора.

-- Ну что, голубки, вернулись? Чаевничать будете?

-- Вы нам, матушка, после обедни номера обещали, первый и третий. Уж нельзя ли как-нибудь: уморились очень.

Мать ключница неторопливо подобрала просфорные крошки, ссыпала в рот.

-- Ну уж, красавица, не прогневайся: ране вечера не будет. Уж как-нибудь перемогнитесь до вечера.

Тут только землемер и Лизавета Петровна почуяли, как устали, и ночь бессонную, и все. День плыл мимо, не задевая, как дрема. В укромном каком-то садике, под бузиной, пили чай с топлеными сливками. Под солнцем, по яростно-белым зубцам монастырской стены расхаживал павлин и кричал пронзительно, но только понимали, что кричал, а слышать -- не слышали. Очутились перед какой-то избушкой в длинной очереди богомольцев. Крошечное избяное окошко завешено черным.

-- Это куда же очередь?

-- Куда-куда...-- окрысилась на землемера голова в кашемировом платке.-- Известно куда: к батюшке, к Стефану Болящему.

Медленно ползла очередь. Вошли в избушку вдвоем. Темно, тусклая лампочка. Чернички в белых косынках, неслышно, мышино суетливые. На огромном, одутлом лице -- закрыты глаза у Стефана Болящего.

-- Барин с барыней пришли, погляди на них, батюшка, погляди, драгоценненький. Скажи им, батюшка, скажи что-нибудь...-- суетились чернички.

Стефан сидел в креслице неподвижно: громадная кукла, с прямыми, деревянными руками-ногами. Черничка стала сзади, пальцем подняла ему веки, как Вию. Глаза были неживые, свинцовые, уставились в Лизавету Петровну.

-- Будете богаты. Через счастье -- будете несчастливы...-- Помолчал и прибавил неожиданно: -- А проживешь сорок пять годов.

Усмехнуться бы землемеру, вспомнилось ему: так гадают цыганки. Но уже нашли его свинцовые Стефановы глаза, придавили.

-- По... покорись... Покорись, говорю! -- строго крикнул Стефан.

Хотел землемер сказать: "Уж я, кажется, покорился", да увидел, замкнулись веки, была только громадная неживая кукла...

После всенощной опять пошли в гостиницу. Все на том же месте, на каменной лавочке, сидела мать-просфора.

-- Насчет номерков-то? Не позабыла, красавица, нет. А только уж больно нынче народу -- труба, терпенья моего нету. Ну пойдем, поглядим.

В прихожей, на стене под лампой, висели ключи, синий черт ехал верхом на рыжебородом грешнике. Мать ключница, не спеша, перебирала ключи. Еще раз перебрала, какой-то ключ вытащила.

-- И рада бы, хорошие мои, да нету, сами глядите: только вот и остался один первый номер. Да он у нас большо-ой ведь, две кровати, балкон...

У землемера ухнуло сердце. Взглянул на Лизавету Петровну: она вся до ушей полыхала.

Натянул землемер поводья изо всех сил -- и как будто голос был ровный, не дрогнул.

-- Ну нету -- так нету. Придется, значит, в первый.

-- Ну вот и ладно. Пожалуйте, други мои милые, а я самоварчик сейчас принесу...-- не спеша, вкусно пела просфора пятипудовая.

Так будто в номере жарко -- дышать нечем. Заторопился землемер балкон открыть. Напротив, сквозь липы, дрожал, тухнул в последних лучах золотой крест. По белой стене медленно гулял павлин и поглядывал вверх на облако: было оно длинное, лиловое, по краям -- прозолотина.

-- Вот -- видите -- как тут -- хорошо -- облако...-- обрывалась Лизавета Петровна на каждом слове.

Принесла мать ключница самовар и золоченые кружки: должно быть, такие полагались к первому номеру. Взял свою кружку землемер, повертел. На одной стороне был голый старец под древом и подпись: "Ной", а на другой стороне -- золотые литеры: "Пьяный проспится, а дурак никогда".

Прочитала вслух -- засмеялась Лизавета Петровна, засмеялся землемер. Вкусно засмеялась просфора пятипудовая, поклонилась, плотно прихлопнула за собой Дверь в мир.

От прихлопнутой ли двери или от чашки с Ноем -- напала смехота смертная, отчаянная, до колотья. А брал чашку от Лизаветы Петровны, тронул ее руку землемер -- была рука холодная -- лед.

-- ...Помните, ученица у меня, Устюшка? -- задыхалась Лизавета Петровна от нестерпимого смеха.-- Все ничего, ничего, а как месяцы начнет считать -- так готово: март, апрель, Ной, июнь... Ной -- ой -- не могу! -- и сквозь синий хрусталь проступили слезы, закапали горько-сладкие, частые.

Смотрел землемер, не отрывался.

-- Запомнишь, как мы в монастыре пили чай? -- очень тихо сказал землемер. Как-то само сказалось: *запомнишь*, очень захотелось сказать так.

И сразу от *запомнишь* утихла Лизавета Петровна, как и не было смеха, сидела, покорно опустив голову.

-- Господи, что же это из имения-то никто не едет, что же там? -- на лету последний раз ухватилась Лизавета Петровна.

-- Поздно уже...-- засмеялся землемер и вынул часы. Было еще девять, но знал землемер: поздно уже, все уже решено.

Встал, прошелся взад-вперед, покачался еще секунду на краю -- и остановился сзади стула Лизаветы Петровны. Так же, как тогда с Фунтиком, взял в руки ее голову, тихонько-тихонько, и стоял так: страшно дохнуть. Потом опустился на пол, долго, прощально, нежно целовал колени сквозь шелк. Сладко укололся о какую-то булавку в платье. Время прекратилось.

...Может быть, это случилось очень скоро: начали стучать в дверь. Услышал землемер, как во сне: знал, что стучат -- но не было сил выпутаться из сна и услышать. И уж когда стал стук совсем оголтелый -- оторвал губы от колен, поднял голову: стучат.

Встал, подошел к двери, не своим голосом спросил:

-- Кто там?

-- Да Господи, да что вы оглохли там ай спятили? Да я же, Авдевна, ну?

Землемер отпер. Поставил свечку за ширму, нестерпимо резала глаза свечка. Вышел на балкон. От белой стены напротив -- такая же резь в глазах, как от свечки. Как ни в чем не бывало -- разгуливал по стене павлин.

-- Митька этот пьяный -- все окна вдребезги...-- всхлипывала, причитала Авдевна.-- От посуды -- ни звания не осталось. И кофейник серебряный..

-- А часы?

-- А часы твои сняли -- да на подводу, тащут, а пружины-то бренча-ат. А Митьку уж под руки -- насилушки вывели...

Уж будто такое часы эти -- не снесла часов Лизавета Петровна, ничком в подушку. А может, совсем и не от часов это -- от другого.

Утерлась Авдевна, деловито выпила холодного чаю, опять утерлась -- и села, разлатая: с места не сковырнешь.

-- Ну, теперь что же, деваться мне некуда, я тут в уголку на ковре лягу. А ты бы, батюшка, на станцию бы ехал. Ничего, ко время поспеешь.

Вынул часы землемер: да, ко время. Засмеялся, затрясся весь. Подошел к кровати:

-- Ну что ж, Лизавета Петровна, прощайте...-- оглянулся на Авдевну: она копошилась, угромащивалась на ковре. Нагнулся землемер к Лизавете Петровне, к уху, дохнул: *запомнишь!* -- и вышел.

Всю дорогу до станции висел над землемером лиловый с неба язык. Курил землемер папиросу за папиросой. А взглянет вверх на язык -- и закатится: у кучера инда мураши по спине, и все пуще настегивал лошадей.

Приехали загодя. В пустом, темном зальце первого класса сидел землемер за круглым клеенчатым столом, а на столе -- графинчик с водкой. Пил землемер и все яснее видел себя, каким был бы раздетый: громадная голова -- и тоненькие кривые ножки -- как паук.

-- Тьфу! -- сморщился весь. Поглядел графинчик на свет и спросил еще.

Пока буфетчик наливал, землемер подошел к окну -- взглянуть последний раз в ту сторону, где была усадьба Лизаветы Петровны. Он увидел: в черном небе вырезаны были огромные, красные, качающиеся ворота -- горела усадьба.

Знамение

1

Озеро -- глубокое, голубое. И у самой воды, на мху изумрудном -- белый-кипенный город, зубцы, и башни и золотые кресты, а в воде опрокинулся другой, сказочный городок, бело-золотой на изумрудном подносе Ларивонова пустынь. Поет колокол в сказочном городке, колокол медлительный, негулкий, глубокий, гудит в зеленой глуби. И так хорошо, тихо жить отделенным от мира зеленой глубью: хлебарям в белом подвале послушно месить хлебы, трудникам терпеливо доить коров вечерами; вратарю, старцу Арсюше, собирать даяния у чугунных ворот; постом истомиться на повечериях, заутренях, полунощницах, сложить духовнику немудреные грехи и всем вместе встретить радостно Красную Пасху.

Так и жили, пока в пустынь не явился брат Селиверст. Вешним вечером на Русальной прибежал он к воротам, запыхавшись. Лик -- опаленный; пальцы непокойно перебирают одежду, бегают, теребят.

У чугунных ворот низко поклонился Селиверсту прозорливый старец Арсюша, вратарь:

-- С чем, брат, приходишь? С миром ли? Подпираясь клюкою, долго ждал ответа старец Арсюша Мохнатый, согбенный -- был он, как малый зверь какой-то: встал ласковый зверь на задние лапы, а совсем не выпрямится, сейчас опустится на передние и от мятежных людей в лес убежит.

Не дождался старец ответа, впустил Селиверста и только вослед покачал мохнатой головой.

-- Попомни, брат, на Страстной-то поется: несытая душа.

Звякнули чугунные ворота, разверзлась перед Селиверстом зеленая глубь: как упал камень -- от края до края побежали круги.

Шла всенощная, бедная, будняя. Редкие свечи -- цветы папоротника в купальскую ночь, в темном куполе -- гулкое аллилуйя, мимо светлеющих окон -- ласточки с писком, из выси в высь. И там -- чуть повыше ласточек -- Бог.

Появился высокий, незнаемый монах и стал сзади -- перед Владычицей, Ширьшей Небес. Икона древняя, явленная -- одни глаза, громадные, да синий покров над землею, как твердь: Ширьшая Небес.

Чудно молился монах: стиснуты губы, стиснуты брови и руки, впился в пресветлый лик, в упор, глазами в глаза. Смущались, колыхались клобуки, оглядывались на нового.

Старец Арсюша не стерпел: надо вступиться за Пречистую, всем сердцем любил Ширьшую Небес. Пал старец на четвереньки -- поклон земной. Встал согбенный, заклюкал по каменным плитам прямо к Селиверсту -- и тихо:

-- Ты как же молишься-то, брат, а? Глазами-то пречистую пробуравить хочешь, а?

Не обернулся и глаз не отвел Селиверст от Ширьшей Небес, может, и не слыхал даже старца. Постоял-постоял старец Арсюша, похилился еще ниже и, подпираясь посохом, заковылял вон из церкви.

Пошли после всенощной шепоты, зашныряли послушники из кельи в келью, зашушукались с игумновым келейником Варнавой: кто это новый-то? Откуда?

Славился Варнава на всю пустынь кудрями: еженочно мочил волосы крепчайшим чаем для кудреватости -- и уж ему ли не знать? Но и Варнава немного знал:

-- Звать Селиверстом. Из образованных будто. И откуда -- неведомо. А выпросил у отца игумена старую Симеонову келью.

Симеонова келья -- в угловой башне, в подвале Жил некогда в келье юрод Симеон, нарицаемый Похабный. Возле каменного ложа вделаны в стену цепи: приковавшись цепями в ложу, заживо отдал себя Симеон на съедение крысам.

Был в келье сумрак, дух трудный. Низко, над самым озером, окошечко, от мира закрещенное решеткой. В миру плыло солнце, а в келье -- тень от решетки: ползла по полу, с пола на дверь, потухала на темных сводах. Из углов вылезали во множестве седые Симеоновы крысы, шуршали, цапали когтями по камню.

Было от них спасение только в красном кругу лампады, и горела у Селиверста лампада день и ночь.

Из кельи выходил Селиверст только на службу, а пищу трапезник приносил ему сюда, в башню. Вареного ничего не принимал Селиверст, воду -- однажды в день, только теплую. Вскорости стал Селиверст бледен лицом и руками -- как бледен бывает овощной росток, проросший в погребе. Молча отдавал встречным из братии поклон, и все запахивался, торопился скорее в келью, и долго оглядывались встречные вслед и подмигивали друг дружке.

Вечером, когда были кончены молитвенные труды и старец Арсюша замыкал чугунные пустынские ворота, братия разделялась. Какие помоложе, послушники, годовики -- шли на зубчатую стену, рассаживались на увитых повителью кирпичах: не пройдет ли внизу, не проедет ли кто из мирских? Перекинуться словом с запоздалой молодайкой в белом шушуне, вспомянуть несмело мирской смех. А манатейные старцы уходили над озером посидеть. Чуть колыхался в воде бело-золотой городок. Затеплялись звезды вверху, внизу -- в глуби -- тихие свечи. И только бы слушать тихий -- сквозь зеленую глубь -- колокол и тихое -- из глуби -- пение.

Но сквозь закрещенное решеткой окошко бередил водяную тишь непокойный красный глаз: лампадка Селиверстова. И слышен был из Симеоновой башни заглушенный стенами голос: настойчиво, неустанно дерзостно взывал о чем-то Селиверст.

2

Игумен Ведéней, когда бывал один в покойчике своем, ходил в простом обряде: подрясник и широкий пояс, шитый цветным бисером. А борода седая, от самых глаз -- длинная, с зеленью: как царь подводный. Ходил, и все бороду поглаживал, и хозяйственно думал о своем царстве.

Хорошо знал Ведéней: под зеленый гул пустынских колоколов лениво его людишки живут, и винопийцы есть, и суесловы, а главное -- ни в ком огня нет, духом оскудела пустынь. Старец Арсюша? Да и тот обомшал уж и аки дуб трухлявый: притронуться страшно.

И вот теперь, с высокого своего помоста в церкви, игумен зорким глазом сразу приметил Селиверста:

"Не просто монах молится. Уж не он ли?"

Весна, лето, белая зима: все так же Селиверст молился, жил в крысиной Симеоновой башне, вареного не принимал. Но проку обители от него не было: только смута и свара завелась по всей киновии. Вот опять старцы приходили жалиться: хульно, дерзостно молится этот новый, нелеть ему жить в келье Симеона-юрода.

И велел игумен позвать Селиверста.

Снаружи мороз и солнце, а покойник Веденеев жарко натоплен. Потихоньку тукали стены. Молча стоял Селиверст у двери. Заложив руки за пояс, молча прохаживался игумен. Потом взял Селиверста за руку и подвел к написанной на стене картине.

-- Вот -- смотри и сам найди здесь себя. Был на стене изображен Змеевидный Блуд: Змий -- зеленый, как яспис, стоглавый, и которая глава присосалась к сосцам женщины, которая к прекрасному чреву ее и к рукам и к глазам грешников, улепивших Змия, как мухи. И среди прочих -- увидал Селиверст грешника тощего, с выпершими ребрами и разинутым ртом. Змий ввергал в рот ему огненную реку, и все шире тощий разинал рот, без конца поглощая огонь, и была подпись: "алчба"

Тихо, как бы себе, сказал Селиверст:

-- Так, отче, алчу я. Огонь меня снедает, невозможного алчу, знамения молю -- чтобы поверить, знамения требую...

Подошел Веденей ближе. Помолчал. Положил Селиверсту руки на голову:

-- Бедное ты мое чадушко, бедное!

Еще помолчал; и стал снова -- игумен, хозяин рачительный и строгий. Сверху сурово говорил Селиверсту о его непомерном дерзании, о разоренной тишине, о соблазне малым, грозил сослать на хутор коровником.

Но пригляделся игумен: не здесь Селиверст, не слышит. С той поры махнул на него рукой, и пошло все своим путем.

Белые поля, белые стены и башни: на снегу из снега пустынь, как золотые ласточки -- кресты кружат из выси в высь, а над всем -- синяя риза Ширьшей Небес.

День ото дня все синее становилась риза, и синее на снегу тень от Симеоновой башни, и яростней чирикали воробьи на церковных крышах. Пригнувшись, похаживал старец Арсюша около ворот, приглядывался к ручейкам: какому если мешает навоз -- сковырнет прочь клюкой.

-- Ну, брат, теки уж, чего там,-- ухмыляется мохнатый.

С первыми красными днями потянулись богомольцы к озеру -- пустынской благодати принять. Складывали на паперти котомки с хлебом да луком. Отдыхали под прохладными сводами башен, в глухом от зеленой воды гуле колокола. Шли в пещеру затворника Ларивона, где он почивает под спудом. Надевали на себя вытертую Ларивонову скуфейку, чтобы в разум войти. Пригубляли щербатую расписную чашечку, чтобы зуб не болел.

-- Из такой же, как мы, чашечки пил -- батюшка-то наш,-- умилялись щербатой чашечке.

На обратном пути, по обычаю, останавливались у чугунных ворот -- у старца Арсюши благословиться, и чтоб всякому сказал прозорливец мудрое свое слово.

Но Арсюша недужен. Усталым зверенышем стоял на задних лапах: вот-вот рухнет на передние. Давал богомольцам только общее благословение и улезал обратно в конурку.

Уходили неутоленные, неутешенные.

-- Стар стал Арсюша, старехонек. Нету силы досельной.

А нужно подпору, утешенье нужно от горькой жизни, надежду на-про черный день.

И неприметно как-то вышло: стали богомольцы душой к Селиверсту прилегать. Приходилось и от братии слышать: поселился непростой монах в крысиной башне и вареного ничего не ест. "И с нами ни с кем не разговаривает: куда уж ему с нами, грешными..." -- говорили которые из братии с усмешкой.

Но усмешка -- простым сердцам невдогад, запоминали только: вареного не ест, в башне в крысиной. И сами на службах видывали: глазами -- в глаза Ширьшей Небес непрестанно, а лицо у монаха -- белизны нездешней.

Росным розовым утром у белой Симеоновой башни -- на рассвете чуть розовой -- становились и ждали: пойдет к заутрене Селиверст.

-- Не обессудь, батюшка, на дорожку благослови. Благослови-ко еще: сын у меня болен, ему благословенье снесу.

Бегали у Селиверста пальцы, торопился, запахивался, неловко и стыдливо благословлял:

-- Ну, как же это, ну... Я ведь... Ну, Бог благословит Ну...

Но помалу привык, уже благословлял уверенней и смотрел им прямее в глаза. И было у них в глазах такое крепкое, неодолимое, катило на Селиверста, как морская волна, взметывало его вверх, и знал он твердо: невозможное --

возможно, и чуял: близко уже, и ничего не было страшно.

3

В этом году собралось к Ларивоновой памяти богомольцев несчетно: уже обежала округу молва -- объявился в пустыни новый молитвенник и заступник, и уж будто многим от него была польза. Белым стенам не вместить всех, и еще в субботу выползли из ворот к озеру, гомозились муравьями на изумрудном мху. А подальше, под белыми зубцами, пестрым лугом расцвела ярмарка. Шатры из веретья, и лари, и просто телеги с товаром: гребенки, пряники, красные баклуши И над всем -- ровный говор, стрекот и гул, богатырская пряха, головой выше старых сосен, прядет и прядет, бегут холсты даль-дорогою, стрекочут кросна. И только когда вдарили к обедне -- понемногу задремала, затихла пряха, опустела ярмарка, повалил народ к службе

А служили нынче в старой церкви -- еще батюшка Ларивон в ней маливался -- бревенчатая и такая какая-то вроде старца Арсюши: ласковая, квелая, к земле пригнулась, затянуло мохом бревна.

В старой церкви -- народ плечом к плечу. Огню дышать нечем,-- тускли свечи. Ихала, кликала кликуша. Обмирали ребята и бабы. Какую-то в желтом платке понесли вон из церкви: должно быть, тяжела бабочка, совсем сморило. Выволокли бабочку наружу -- а и наружи не легче: крутило вихрем пыль и песок, во рту сохло, а колодец далеко.

Как малую песчинку -- с утра вихрем подняло Селиверста и несло, ближе и ближе, все мелькало, не слышал, не видел: только одни громадные, вечные глаза, вобравшие в себя скорбь тысяч глаз.

И не приметил, как пронесло чрез всю длинную обедню и выплеснуло с толпою наружу. На паперти по-всегдашнему тянулись с колтышками, тарелочками, горстками. Быстро протащило мимо, и куда-то все дальше послушно плыл Селиверст над пестрыми платочками, черными, ржаными, рыжими кудлами.

Недалеко от Симеоновой башни -- как споткнулась -- стала толпа, раздалась -- и Селиверст один. На траве стояли носилки, и на них -- восковое лицо в белой косынке; рядом какого-то с запрокинутой головой держали под руки двое.

Тишина, и сотни глаз -- на него, Селиверста.

Понял Селиверст, затрясло всего. Нагнуться к белой косынке, наложить руки...

"А вдруг -- и правда?"

Тишина нестерпимая. Било Селиверста так, что и пальцы не мог сложить для благословения. Махнул рукой -- и, запахивая ряску, путаясь в полах побежал к себе в келью.

Расступились -- тотчас замкнулись опять и со стоном тесно двинулись за ним. Кого-то с запрокинутой головой вели под руки, хлопала по ветру хоругвь, вихрило пыль -- и все неистовей крики:

-- Батюшка! Кормилец! Заступи! Мы ведь знаем!

Сохло во рту, жаждали, молили. Но окованная, с ржавым кольцом дверь в Симеонову башню не открывалась на стук.

Пошли к покоям игумена Веденея, шумели морем внизу -- доплескивало вверх, в тихий покойчик. Вышел на балкон Веденей -- как захватили, по-домашнему, в полукафтанье с шитым поясом. Говорил Веденей, но ветром разметывало седую бороду, развевало слова, и не слышали всех его слов, спокойных и вразумительных, а только кто-то поймал одно:

-- Ждите...

И все ухватились, от головы к голове побежало ждите. Уверились, затихли и ждали. И вся пустынь ждала. Попрятались по кельям. Послушники шмыгали из двери в дверь. Перешептывались с усмешкой, но на сердце скребло: а вдруг? И как же тогда жить? В покойчике своем Веденей места не находил: все взад и вперед.

К вечеру выполз из конурки своей старец Арсюша -- крохотный, в аршинчик, согбенный, заклюкал к Ларивоновой церкви. Пал на четвереньки: поклон земной старой церкви. Потом на глазах у всех подошел, снял клобук, облобызал замшенные темные бревна, еще раз поклонился низко -- и заковылял назад в свою конурку у чугунных ворот. И увидели: плакал старец Арсюша, похлипывал носом, кулачком по-ребячьи утирал глаза.

Тягота налегла, растревожил Арсюша:

-- К чему плакал старец? К чему знамение? Повалили за ворота к старцу. Стоял у конурки своей и потряхивал Арсюша кошелем из старой парчи: кошель на длинной насадке, в кошеле медный колоколец -- позванивал колоколец жалобно. Плакал старец Арсюша и всех спрашивал:

-- Православные, кто со мной завтра в Ерусалим? Прощайте, православные! Кто со мной?

Никто не разумел старца. Шли, смятенные, к озеру в становище. Пылал над озером в лютой лихоманке закат. Ветер вихрил пыль и песок, и далеко по дороге вставали темные путники, головою до неба, медленно наступали на пустынь. Миг -- и нет, и только выметенное ветром пустое небо.

4

Стемнело, по лугу заполыхали костры. Пламя кланялось, кидалось. Где выхватит в багровом пятне руку и ложку над котелком; где кудлатую голову и губы трубочкой -- дуют на уголья изо всех сил; где тележное колесо, и привязан пес к колесу.

Колокольня отмеривала медленные медные ленты -- часы. Все вздыхали, поднимали головы с котомок, перешептывались. Всю ночь не смыкала глаз красная лампадка над озером. И не спал старец Арсюша всю ночь: непокойным, учуявшим зверем бродил между белых стен, мотал мохнатой головой и всхлипывал.

Только один старец Арсюша и увидел начало: ни с того -- ни с сего осветился сенный сарай, все ярче -- и заполыхало вовсю.

Сразу -- странный красный день, как день последнего судилища. Четкие переплеты окон, огненные голуби над крышей, красная борода Веденея, чья-то запрокинутая назад голова. Неслись лица с красными зрачками, все путалось и мигало, как сон.

-- Братцы, к озеру -- цепью, цепью стань!

Зазвякали по цепи ведра -- да ветер разве зальешь? Бил, гудел, сеял огненное семя -- секунду цвели жадные жаркие цветы -- и опадали в тьму. А быстрые бесенята суетятся уже в соседнем корпусе, и только сверкают и свиристят их востренькие розовые язычки.

-- Батюшки мои, к церкви идет! Сейчас займется!

-- Церковь сейчас... Ларивонова!

Как старец Арсюша, тихая и покорная ждала церковь, моргала от огня стеклами. Мело ветром огонь прямо на трухлые деревянные стены, и уж сил не было стоять возле -- сейчас...

Кто-то крикнул осипшим, отчаянным голосом:

-- Селиверст! За Селиверстом! Где он?

Был Селиверст здесь, в самой гуще. И опять, как тогда после обедни, раздалась толпа Чермным морем -- и Селиверст один, тишина, и тысяча глаз жадно на него.

-- Ведра-то... Ведрами-то... Братцы...-- крикнул игумен Веденей, слабея. Но ни одна рука не поднялась, не звякнуло ни одно ведро.

Услышал себя Селиверст -- сказал, не обертываясь назад, внятно и твердо:

-- Икону мне.

С Ширьшей Небес в руках -- ступил вперед, прислонился спиной к старенькой церкви, против воющей огненной стены. Ветер в лицо жег и палил.

Последний раз оглянулся Селиверст: обступили кругом глаза. Зачерпнул оттуда -- из глаз, неистовая волна хлестнула снизу, от сердца -- к рукам. В страшной тишине, всего себя стиснув, сотрясаясь от нестерпимой силы, Селиверст медленно поднял икону над огнем вверх, и потом -- вниз, влево и вправо.

И показалось: так же медленно качнулся красный язык перед ним -- вверх, вниз, влево и вправо -- и затрещал, закурился.

Встали дыбом волосы на голове, прислушался Селиверст назад: может быть -- спасут, может быть -- скажут, что...

Сзади себя услышал Селиверст стоголосый гул, и свое имя, и рыдания, и крики.

5

Через силу добрел к себе, запер задвижку -- и как был в рясе, в клобуке -- ничком на холодное ложе юрода Симеона. Негасимый огонь в лампадке загас. Был мрак в келье, цапали по камню крысы. Была пустота и усталость неизмеримая.

Одной рукой он попал на Симеоновы железа вдавил руку в железный браслет всей тяжестью тела -- но не мог вынуть руку. Была она в Бог знает какой дали, и громадная, чудище: невероятно шевельнуть ею.

Почуял Селиверст весь он -- такой же -- громадный, наполняющий вселенную. И в то же время -- муравьино-крошечный: видел себя все из той же дали, как сквозь перевернутую не тем концом подзорную трубу -- себя и крошечное окошко, а в окошке -- закрещенная решеткой крошечная заря.

Тут же, рядом, увидел другого себя и другую зарю. Вырезаны узоры балконной решетки на розовом, между решеткой и зарей -- черные клобуки сосен, а рядом на ковре -- она, та самая, единственная. Совершилось для него первое в жизни, величайшее чудо: и сразу же потухло, пусто. Вот встать потихоньку, чтобы не разбудить ее, и с балкона головою вниз -- мимо черных монашенок-сосен...

Все светлее крошечное окошко, и уж совсем где-то близко, по каменному ложу, цапают крысы. Шевельнул Селиверст горами-руками, поднялся, пошел к свету, положил голову на каменный подоконник. Заря прогорела. И выметенное ветром -- такое было синее, пустое и страшное небо.

Ранней обедни в это утро не было. Разбрелись кто куда: кто прикорнул тут же на паперти, кто поплелся над озером посидеть. Озеро было ясное, светлое, и как на ладони -- в зеленой глуби были видны белые стены.

И рассказывали потом -- многие будто самолично видели: прогорела заря -- высокий монах вышел из пустыни и быстрым шагом пошел прямо в озеро. Вода перед ним расступилась, и явственно был слышен негулкий звон в глуби. А следом выкатилось что-то мохнатенькое из чугунных ворот -- не то зверь какой, не то человек -- и за высоким монахом юркнуло в воду. В братии же шел слух: нашли в Симеоновой башне загрызенное крысами тело, и потому-де наглухо замурован вход в башню Симеона-юрода.

Так ли, нет ли, а только после пожара в Ларивоновой пустыни и Селиверст пропал, и прозорливый старец Арсюша. Но по-прежнему чуть колыхается в воде бело-золотой городок на изумрудном подносе, и по вечернему небу чертят ласточки с писком из выси в высь.

1918

Сподручница грешных

1

Глубь, черно, лохмато: лог, в логу -- лес. Сквозь черное -- высоко над головой монастырские белые стены с зубцами, над зубцами -- звезды. И слышно: там под стеной сторож в доску тукает.

У сторожа у этого -- ключ от монастырских ворот: Сикидину через Дуняшку-просвирню очень хорошо все известно. Только бы теперь этот самый ключ как-нибудь -- и ночным бытом так бы все оборудовали тихо-благородно. Ведь днем если -- так беспокойства, крику не оберешься...

И назад, в темь, Сикидин очень строго:

-- Чтоб физически зря не бить и не лезть дуром, а все -- согласно постановленью...-- По шепоту слышно: брови у Сикидина насуплены, а самого не видать -- одни в темноте зубы.

Покамест еще в селе на сходе кулижились, приговор писали, солдат Сикидин так, на запятках был: главный, конечно, Зиновей Лукич, язычных дел мастер. Ну, а теперь, как до дела дошло, тут как-то само собой, что Сикидин -- главнокомандующий, и перед ним сжимается Зиновей Лукич, а уж про старика Онисима и говорить нечего: на всякое слово сикидинское -- ротик оником, и все свое -- "О? Во-от!"

Взобрались кверху, к зубцам. И вот у стены костерок красный, у костра -- красная собака, вниз-вверх, мигнет-потухнет, и красный мужик -- обхватил колени, в коленях ружье.

-- Господе Исусе Христе, Сыне Божий...-- набочок желтая головка Зиновей-Лукичева, и уж такой будто пригорбый, такой прихворый.-- К матушке игуменье мы насчет, стало быть, этого... дровец... Да вот припоздали... Ну-ну-ну, собачка! Да Господь с тобой, собачка, что ты, что ты, собачка!

-- Цыц, Белка, сядь!

На ошейнике -- красная сторожена рука. Рука -- шестипалая,

шестой палец на отлете, упорный и твердый -- кочетиная шпора, и мельтешатся в красном свете, тут-там мигают, торопятся желтые Зиновей-Лукичевы ручки, вокруг сторожа, Белки -- паутину плетут: тоненькая -- и не видать глазом.

Про какую-то собаку генеральскую, про Серафима Саровского. Напакостила собака на паперти, а он батюшка, жезлом своим святительским тут же на паперти ее и прогвоздил. А вот тоже в Нил-Столбенском скиту кобель причастие проглотил, и в ту пору ж у кобеля -- морда человечья, и говорит кобель тот самый...

Обметало паутиной. Кочетиный палец не шевелится. Белка морду положила на передние лапы, глаза зажмурила...

-- Пойти хворосту, что ли, подкинуть...-- потянулся Сикидин, встал лениво. Исподлобья желтым глазом проводила его Белка и исподлобья -- Зиновей Лукич.

-- И говорит кобель тот самый: правосла... православные...

Зашелся дух у Зиновей Лукича: "Владычица... Сподручница грешных, помоги!" Увидал сзади над сторожем сикидинские зубы.

Раз! -- сверкнули зубы -- глухо мукнул, как бык, сторож -- и на земле, с сикидинским гарусным шарфом во рту.

Взвизгнула, взвилась Белка -- Сикидина в руку. Ткнул Сикидин ножом, вытер об траву, затихла Белка.

Из лога вылез месяц, посинелый, тоненький, будто на одном снятом молоке рос. Вылез -- и скорее вверх по ниточке -- от греха подальше, и на самом верхотурье ножки поджал.

Чтоб невдогад монашкам, чтоб дрыхли спокойно -- старика Онисима оставили наверху со стукушкой, в доску стукал старик потихоньку. А сами возились со сторожем -- в логу.

Умаялись с ним, окаянным, беда! Одно напретил: "Был,-- говорит,-- ключ на поясу, сами же сронили как сверху-то сюда волокли".

Бумагу ему предъявили.

-- Ну, гляди. Вот... "И все денежные финансы монастыря во имя Пресвятыя Богородицы Сподручницы грешных -- единогласно в пользу крестьян села Манаенок..." Согласно бумаге! Понял? Давай ключ!

Молчит. Тут за него по-свойски Сикидин взялся физически в хряпало в самое -- вот как ублаговолил. Молчит. Тьфу!

-- А пес его знает, и не врет, может? -- и на карачках пополз по кустам Сикидин: ключ искать. Как же: ищи ветра в поле!

Зленный вернулся Сикидин: не подходи. Ножик вынул, откромсал ломоть от краюхи, жует, а сам -- все на сторожа: черт шестипалый! Придется теперь из-за него... днем все...

Тишь. Ничего будто и не было. У ворот монастырских в доску бьет старик Онисим. И только вот Белка не брешет да рука у Сикидина тряпкой замотана: от Белкиных зубов след.

Вдруг ухмыльнулся Сикидин -- зубы как у Белки -- и к сторожу:

-- Ну-ка ты -- вместо Белки твоей покойной! Ну, бреши, говорю!

Ножичек приставил к кочетиной шее. Сторожева лица за Сикидиным не видать -- только руки на животе скручены и мечется шестой палец все пуще, все пуще.

-- Вре-ешь! У меня, брат, забрешешь!

Взял Сикидин ножом чуть покрепче. Икнул, булькнул сторож -- и залаял. Еще -- и уж звонче, чище собачий лай.

Носом шел смех у Зиновея Лукича -- неслышно, как из проткнутого пузыря дух. Онисим прибежал сверху -- глаза младенческие, ротик оником:

-- О-о? Во-от! Ну, шуты гороховые! А я думал -- и верно, с собакой кто...-- Захлебнулся весело, по-ребячьи, глаза младенческие, чистые.-- Ну-ка, ну-ка, еще!

Но Сикидин уж бросил нож, и сторож лежит молча. Чуть шевелится шестой кочетиный палец.

Торопится месяц, все выше чуть видать уж. Зеленеют черные листья. Заря -- как скирды в сухмень горит, ровным огнем. День будет благодатный, тихий.

Но что будет в этот тихий, благодатный день?

У матери Нафанаилы, игуменьи, прежде домишко был -- тут же в уезде. Родила в миру девять детей, все дочери, и все -- в мать: маленькие, синеглазые, вперевалочку -- как уточки-водоплавки. Без мужа подняла девятерых на ноги, и вот -- старших уж замуж выдавать, и вот -- будут внучата, свеженькие, крепенькие, как грибки: то-то будет визгу, то-то веселья!

Силы надо девочкам, откармливала: мастерица была, какие крупенники стряпала, какие перебяки из солода.

-- Ешьте, девочки, больше соку запасайте, наше дело женское, трудное.

А было однажды кушанье -- сомовина заливная со льдом. А

был год -- холерный. Заболели все девять -- в неделю как вымело: одна в доме.

Ушла в монастырь, и теперь -- девяносто дочерей у Нафанаилы. Усохла вся, черненькая, маленькая -- жих-морозь, а ходит все так же: вперевалочку; старушечий рот корытцем, а глаза -- прежние: большие, синие, ясные. Дерево, бывает, почернело, скрючилось, а весной отрыгнет какая-то ветка одна -- зеленая и всему дереву глаз радуется.

Любила мать Нафанаила весну, капель, черные прозоры земли сквозь снег. А уж как выбьются лысые головенки первых трав, да повылезут из-под камней склеенные задиками красные козявы с нарисованными на спине глупыми мордами, да зазвенит звон пасхальный

-- В лес -- девчонки, такие-сякие, сейчас чтобы в лес -- цветы собирать! Весна -- время самое ваше. Пошли вон! -- и ногами будто затопает.

Много из манаенского монастыря замуж выходило. И так рожали ребят немало: старушечьи корытцем губы корили, а ясные глаза смеялись.

И все девяносто дочерей -- в матери Нафанаиле души не чаяли, уж так ее берегли, а вот нынче...

-- Батюшки мои, как же это теперь ей сказать-то: сторож пропал -- куда, неизвестно, и с собакой Белкой. Расквелится, расстроится матушка, а день такой...

День такой: Ангел нынче матери Нафанаилы.

К казначее за советом. Казначея Катерина -- мужик-баба: жилистая, бровястая, и уж даст совет -- как замком замкнет и припечатает.

-- Завтра успеется, а нынче об стороже -- чтобы никто не пикнул,-- порешила казначея.

И пошел день своим чередом. Пахло яствами из подвала под трапезной. Колоба на сметане, пироги с молочной капустой, блинцы пшенные: девочек своих угощала нынче игуменья. К поздней обедне звонили по-праздничному -- в большой колокол. Монашенки в новых рясах, все больше румяные, нажми -- сок брызнет, из-под черного - груди, как ни прячь, упрямые прут.

-- Эх, родименькие! -- зарился на монашек Сикидин, зубы разгорались, росли.

Сторонних богомольцев в церкви -- всего никого, и только странников пяток да манаенских трое: Сикидин, Зиновей

Лукич да старик Онисим.

Зато на чудотворной иконе -- Сподручнице грешных -- народу несчетно: и все к ней -- головы и руки, а она глядит на всех ласково, глаза синие, ясные.

-- Сподручница... Владычица, выручи, помоги...-- головку набочок, уж такой пригорбый, уж такой хворый перед Владычицей стоял Зиновей Лукич...

Душатка-просвирница вынесла игуменье именинную просвиру трехфунтовую. Освободилась -- и за дверь. И оглядываясь -- по каменной плитяной тропинке побежала на кладбище влево. Погодя немного вышел и Сикидин из церкви.

Липы растомились, дышат часто. К духу медвяному пчелы так и льнут. На теплой могильной плите -- Сикидин с Душаткой. И уж Душатка расслабла вся, руки распустились, и только одно на свете: сикидинская лапа на правой груди.

-- Так ты гляди, Душатка, чтоб без обману. Как после трапезы заснут, ты нас коридором, через корпус, в покой к ней, а сама -- ноги за пояс, и марш. А ночью тебя на поляне -- буду ждать, бесповоротно.

-- Ванюшка, только Христа ради, чтоб беспокойства какого ей не было!

-- Дура! Мы -- деликатно, согласно постановлению.

Только одно на свете: сикидинская жестокая лапа на правой груди...

После обедни в покоях матери Нафанаилы шумели гости: причт из Манаенок, из Крутого, из Яблонова. Уточкой-водоплавкой переваливалась, хлопотала хозяйка, сухонькая, черненькая. А глаза -- как отрыгнувшая весенняя ветка: ясные, синие...

Дьякон крутовский -- дочь Ноночку замуж выдал: уж так радовалась Нафанаила, так расспрашивала обо всем:

-- Ну, а платье-то какое венчальное?

-- А платье -- кисейное, белое. Вот тут вот -- вставка, а тут -- бары кругом.

-- Ну слава Богу, слава Богу! А музыка-то была?

-- Ну, музыка у нас какая же! Так, два жида в три ряда.

-- Ну, слава Богу, слава Богу! Блинчиков-то еще, а?

Радостно, а все-таки уходилась Нафанаила с гостями. И как ушли -- Катерину-казначею отпустила, штору задернула и на диван прилегла. Штора желтая, позолочено все в комнате, веселое: посуда в горке позолочена, просвира трехфунтовая, и по окнам -- в вазах медвяные липовые ветки и купавки и лютики.

А только глаза завела -- все девять дочерей тут тоже -- на именины, веселые такие.

-- А музыка-то у вас есть там, милые вы мои?

-- Ну, как же, обязательно...-- и пошли притопывать, и все громче, сапоги-то у них там носят какие здоровые, вот не думала!

Раскрыла Нафанаила глаза: у притолки мужиков трое топчутся.

-- И как же это я крепко так? Поди, в дверь Катерина стучала, а я -- ничегошеньки...

Вскочила, поправилась -- и к мужикам вперевалочку:

-- Как будто манаенские, а?

-- Манаенские, конечно. И прибыли к вам согласно постановлению.

-- Родимые мои, вот уж нынче для меня радости сколько! Уж вот спасибо-то! И вы попомнили -- почтили меня, старуху. А у меня и пирог именинный остался, и все. Ну, сейчас, сейчас...

И уточкой-водоплавкой в соседнюю комнату, зазвенела тарелками.

У старика Онисима -- ротик оником:

-- Ска-жжи ты на милость! Вот так попали!

Слыхать было явственно: нож проходил мягкое, легонько тукал в тарелку -- резал пирог ломтями.

Зубы у Сикидина посверкивали, глаза упрятал в картуз -- картуз в руках:

-- Что ж, мы с утра не емши. Но только уж, чтобы потом -- никаких привилегий, бесповоротно.

Игуменья тащила поднос: пирог, графин с висантом, карпятины жареной кус.

-- Ну, милые вы мои, уж так вы меня... Ангела моего вспомнили, а? Ну, вот тут, вот тут. А ты бы, старичок, в кресло. Ну-ка, на здоровье? И я с вами.

Со сторожем окаянным всю ночь провозились манаенские. А висант к именинам -- хороший, крепкий: по костям пошло, в темя вдарило. Все свирепей рвал пирог волчьими зубами Сикидин. Все пуще голова набочок у Зиновея Лукича.

Еще стаканчик -- и заколотил себя в грудь Зиновей Лукич.

-- Матушка, грешник я, вот передо всеми говорю... Как

мясоедом я третий раз женился, на молоденькой... Опять же -- телка у меня с ящуром... Но как она, Матерь Божия, значит, Сподручница грешных -- обязана она выручить нас из положения. Хотя-хоть и грешник я, и телка... но как мы, значит, для обчества, а не для себя... Верно я говорю, Сикидин? А?

Стукнули в дверь: мать казначея. Шаги крепкие, мужичьи. На манаенских повела бровями:

"Пронюхали пирок мужичишки, влезли. Хоть бы какой час ей покою дали!"

-- Катеринушка, уж ты бы еще нам висанту -- уж день такой. Сделай милость, вон в горке ключи от погреба.

Ну, либо сейчас, пока в погреб ходит, либо -- все -- прахом...

Встал Сикидин, лоб нагнул: бык брухучий. Руками об стол оперся, правая -- тряпкой замотала...

-- Батюшка мой, это что же у тебя рука-то? Дай, я тебе чистенькой завяжу, а то еще болеть прикинется...

Поднял руку Сикидин. На игуменью -- на руку -- запнулся...

А тут как раз и Онисим покончил. От висанту красный, и еще белей волосы ребяче-стариковские.

Крякнул, утерся -- и поклон поясной:

-- Ну, матушка, на угощенье спасибо. Уж вот как -- по сих пор! А уж пирог -- ну...

Игуменья свечкой так и затеплилась. Господи, то-то нынче день хорош! А Сикидин -- столб столбом, на языке -- грузило свинцовое. Да как зубами скрипнет -- и в дверь пулей.

-- Да чего же вы, погодите! Уж вот она -- Катерина, ключами гремит...

Куда там годить: по лестнице прогромыхали. По теплым плитам под липами шлепают...

В логу у телеги чистили Онисима-старика:

-- Ах ты, дурак полоротый! Ах, орясина! "Спа-си-ибо, матушка!" Как уговорено было, а? Кабы молчал, глядишь, все бы... "Спаси-бо, матушка!"

-- А вы, коли меня умней, вы бы давиша об деле с ней говорили. А вы -- что? А-а, то-то и оно-то! На телеге Сикидин горился:

-- И как нам теперь нашим, манаенским, сказать? Конечно, были обстоятельства вразрез наших ожиданий. А только срамота, ей-Богу. Уж надо какое-нибудь этакое сказуемое придумать, а то разве про это выговорить: "Спаси-ибо, матушка!"

А сам кнутовищем по лошади, по лошади, чисто не лошадь это, а дед Онисим.

Ну, ничего: еще семь верст ехать. Авось и придумают сказуемое.

1918

Дракон

Люто замороженный, Петербург горел и бредил. Было ясно: невидимые за туманной занавесью, поскрипывая, пошаркивая, на цыпочках бредут вон желтые и красные колонны, шпили и седые решетки. Горячечное, небывалое, ледяное солнце в тумане -- слева, справа, вверху, внизу -- голубь над загоревшимся домом. Из бредового, туманного мира выныривали в земной мир драконо-люди, изрыгали туман, слышимый в туманном мире как слова, но здесь -- белые, круглые дымки; выныривали и тонули в тумане. И со скрежетом неслись в неизвестное вон из земного мира трамваи.

На трамвайной площадке временно существовал дракон с винтовкой, несясь в неизвестное. Картуз налезал на нос и, конечно, проглотил бы голову дракона, если бы не уши: на оттопыренных ушах картуз засел. Шинель болталась до полу; рукава свисали; носки сапог загибались кверху -- пустые. И дыра в тумане: рот.

Это было уже в соскочившем, несущемся мире, и здесь изрыгаемый драконом лютый туман был видим и слышим:

-- ...Веду его: морда интеллигентная -- просто глядеть противно. И еще разговаривает, стервь, а? Разговаривает!

-- Ну, и что же -- довел?

-- Довел: без пересадки -- в Царствие Небесное. Штыком.

Дыра в тумане заросла: был только пустой картуз, пустые сапоги, пустая шинель. Скрежетал и несся вон из мира трамвай.

И вдруг -- из пустых рукавов -- из глубины -- выросли красные, драконьи лапы. Пустая шинель присела к полу -- и в лапах серенькое, холодное, материализованное из лютого тумана.

-- Мать ты моя! Воробьеныш замерз, а! Ну скажи ты на милость!

Дракон сбил назад картуз -- и в тумане два глаза -- две щелочки из бредового в человечий мир.

Дракон изо всех сил дул ртом в красные лапы, и это были,

явно, слова воробьенышу, но их -- в бредовом мире -- не было слышно. Скрежетал трамвай.

-- Стервь этакая; будто трепыхнулся, а? Нет еще? А ведь отойдет, ей-бо... Ну скажи ты!

Изо всех сил дунул. Винтовка валялась на полу. И в предписанный судьбою момент, в предписанной точке пространства серый воробьеныш дрыгнул, еще дрыгнул -- и спорхнул с красных драконьих лап в неизвестное.

Дракон оскалил до ушей туманно-полыхающую пасть. Медленно картузом захлопнулись щелочки в человечий мир. Картуз осел на оттопыренных ушах. Проводник в Царствие Небесное поднял винтовку.

Скрежетал зубами и несся в неизвестное, вон из человеческого мира, трамвай.

1918

Икс

В спектре этого рассказа основные линии -- золотая, красная и лиловая, так как город полон куполов, революции и сирени. Революция и сирень -- в полном цвету, откуда с известной степенью достоверности можно сделать вывод, что год 1919-й, а месяц май.

Это майское утро начинается с того, что на углу Блинной и Розы Люксембург появляется процессия -- по-видимому, религиозная: восемь духовных особ, хорошо известных всему городу. Но духовные особы размахивают не кадилами, а метлами, что переносит все действия из плана религии в план революции: это -- просто нетрудовой элемент, отбывающий трудовую повинность на пользу народа. Вместо молитв, золотея, вздымаются к небу облака пыли, народ на тротуарах чихает, кашляет и торопится сквозь пыль. Еще только начало десятого, служба -- в десять, но сегодня почему-то все вылетели спозаранок и гудят, как пчелы перед роеньем.

В тот день (1919, 20/V) все граждане в возрасте от восемнадцати до пятидесяти лет, за исключением самых нераскаянных буржуев, состояли на службе, и всех от восемнадцати до пятидесяти явно ждало сегодня что-то необычайное во всевозможных УЭПО, УЗКО, УОНО. Главное, что это было "что-то", что это был икс, а природа человеческая такова, что ее влекут именно иксы (этим прекрасно пользуются в алгебре и рассказах). В данном случае икс произошел от раскаявшегося дьякона Индикоплева.

Дьякон Индикоплев, публично покаявшийся, что он в течение десяти лет обманывал народ, естественно, пользовался теперь доверием и народа и власти. Иногда случалось даже, что он ловил рыбу с товарищем Стерлиговым из УИКа так было, например, вчера вечером. Оба глядели на поплавки, на золото-красно-лиловую воду и беседовали о головлях, о вождях революции, о свекольной патоке, о сбежавшем эсере Перепечко, об акулах империализма. Здесь -- совершенно некстати -- дьякон заметил, конфузливо прикрывшись ладонью:

-- А у вас, товарищ Стерлигов, извиняюсь... штаники сзади... не то чтобы это самое, а вроде как бы...

Товарищ Стерлигов только почесал шубу на лице:

-- Ладно, до завтра доживут! А завтра, должно быть, служащим прозодежду выдавать будут -- из центра бумага пришла. Только это я вам по секрету...

Когда с двумя ершами дьякон возвращался домой, он по дороге, конечно, стукнул в окно телеграфисту Алешке и сказал ему -- конечно, по секрету. А телеграфист Алешка, как вам известно, поэт, он написал уже восемь фунтов стихов -- вон там, в сундуке лежат. Как поэт, он не счел себя вправе хранить тайну в душе: призвание поэта -- открывать душу для всех. И к утру все от восемнадцати до шестидесяти лет знали о прозодежде.

Но никто не знал, что такое прозодежда. Всем ясно было одно: прозодежда есть нечто, ведущее свою родословную от фигового листа, т. е. нечто, прикрывающее наготу Адамов и украшающее наготу Ев. А общая площадь наготы тогда была значительно больше площади фиговых листьев -- настолько, что, например, телеграфист Алешка давно уже ходил на службу в кальсонах, по средством олифы, сажи и сурика превращенных в серые, с красной полоской, непромокаемые брюки.

Естественно поэтому, что для Алешки прозодежда воплощалась в брючный образ, но она же для красавицы Марфы расцветала в майскую розовую шляпу, для бывшего дьякона уплотнялась в сапоги -- и так далее. Словом, прозодежда -- это явно нечто, подобное протоплазме, первичной материи, из которой выросло все: и баобабы, и агнцы, и тигры, и шляпы, и эсеры, и сапоги, и пролетарии, и нераскаянные буржуи, раскаявшийся дьякон Индикоплев.

Если вы рискнете сейчас вместе со мной нырнуть в пыльные облака на улице Люксембург, то сквозь чох и кашель вы явственно услышите то же самое, что слышу я: "Дьякон... С дьяконом... Где дьякон? Не видали дьякона?" Только один дьякон, как опытный рыболов, мог вытащить этот зацепивший всех крючок-икс, с наживкой из прозодежды. Но дьякона здесь не было: дьякона надо было искать сейчас не в красной линии спектра, а в сиреневой, майской, любовной. Эта линия пролегает не по Розе Люксембург, а по Блинной.

В самом конце Блинной, возле выкрашенного нежнейшей сиренево-розовой краской дома, стоит раскаявшийся дьякон. Вот он постучал в калитку, -- через минуту мы услышим во дворе розовый Марфин голос: "Кузьма Иваныч, это вы?" калитка откроется. В ожидании дьякон разглядывает нарисованную на калитке физиономию с злодейскими усами и с подписью внизу: "Быть по сему". Неизвестно, что это значит, но дьякон тотчас вспоминает, что он -- бритый: с тех пор как, раскаявшись, он снял усы и бороду -- ему постоянно чудится, что он будто снял штаны, что нос торчит совершенно неприлично и его надо чем попало прикрыть -- это сущая мука!

Прикрывши нос ладонью, дьякон стучит еще раз, еще: никого. А между тем Марфа дома: калитка заперта изнутри. Значит -- что же? -- значит, она с кем-нибудь... Дьякон ставит внутри себя именно это, только что здесь изображенное графически многоточие и, ежеминутно спотыкаясь на него, идет к улице Розы Люксембург.

Через несколько минут на том же самом месте, возле нежнейшего розового дома, нам виден телеграфист и поэт Алешка. Он тоже стучит в калитку, созерцает усатую физиономию, ждет. Стоит спиной к нам: только темный затылок и уши, оттопыренные как-то очень удобно и гостеприимно -- как ручки у самовара.

Вдруг весь Алешка становится ненужным гарниром к собственному правому уху: живет только ухо -- глотает шепот, шорох, шаги во дворе. Поэту нужно все знать и все видеть: он метнулся к забору, ухватился за край, подпрыгнул, разорвал рукав -- и там, во дворе, под сараем, на один миг увидел нечто.

Пожалуй, не стоит рвать рукава и лезть на забор за поэтом: все равно раньше или позже мы узнаем, что там увидел Алешка. А пока об этом можно судить по его лицу: с разинутым ртом и круглыми глазами Алешка походил сейчас на тех беспощадно нанизанных на веревку ершей, которые вчера вечером болтались в дьяконовой руке перед окном Алешки. В ершовом виде Алешка простоял ровно столько, сколько ему потребовалось, чтобы к увиденному подобрать рифму (заметьте: рифмой оказалось слово "осечка"). Затем он сорвался с веревочки, на которую нанизала его судьба, и помчался на Розу Люксембург.

Там сейчас подготовлялась катастрофа столкновения.

Столкновение в некоей человеческой точке двух враждующих линий спектра -- красной и золотой, революционной и купольной.

Этой человеческой точкой был дьякон. Одет он был в бордовые штаны и толстовку, сшитые из праздничной рясы -- и виден был издалека, как зарево или знамя. Чуть только он забагровел в облаках пыли -- к нему, как к магниту, повернулась вся улица Розы Люксембург -- к нему прилипли десятки вопросов, рук, глаз. Дьякон был на невидимом амвоне и с амвона раздавал каждому:

"Да, прозодежда... Да-да, бумага из центра".

Но один из народа (бас) брякнул:

-- Какая там бумага! Ври больше!

-- То есть, как это -- "ври больше"?

-- А так, очень просто.

-- Не веришь? Ну, гляди -- ну, вот те крест святой, ну? -- и, чтобы удержаться наверху, на амвоне, раскаявшийся дьякон, забыв о раскаянии, действительно перекрестился. Затем вдруг побагровел -- рефлекс другой линии спектра -- и (невидимо) грохнул вниз.

Катастрофа была вызвана тем, что из соседнего облака пыли в упор ва дьякона глядела козья ножка, вправленная в меховое лицо: Стерлигов из УИКа. И, конечно, он видел, как дьякон перекрестился.

Дьякон мучительно почуял свой голый нос, прикрыл его рукой, другую прижал к сердцу.

-- Товарищ Стерлигов... Товарищ Стерлигов, простите ради Христ... -- и побагровел еще пуще, замер.

Стерлигов вынул изо рта цигарку, хотел что-то сказать, но ничего не сказал -- и это было еще страшнее: только молча поглядел на дьякона и пошел. Дьякон, как лунатик, все еще прижимая руку к сердцу, за ним.

Еще пять-десять строк -- и глядишь, дьякон придумал бы, что сказать, и был бы спасен, но как раз тут из-за угла вывернулся Алешка. Он подскочил к Стерлигову в вместо того слова, какое было нужно, выпалил рифму:

-- Осечка! То есть я... я хочу с вами...

И замолчал, оглядываясь, переминаясь с ноги на ногу -- непромокаемые брюки его чуть погромыхивали, как бычьи пузыри, на каких ребята учатся плавать. Стерлигов сердито выплюнул цигарку.

-- Ну? По какому делу?

-- По... но секретному, -- шепнул Алешка. В пыльных волнах кругом плавали десятки ушей -- шепот услышали, и он побежал дальше, как огонек по пороховой витке. Секретное Алешкино дело, неведомая прозодежда, катастрофа с дьяконом -- это было уже слишком много, в воздухе носились тысячи вольт, нужен был разряд.

И разряд совершился: хлынул дождь. Все от восемнадцати до пятидесяти спасались в подъезды, в подворотни и оттуда глядели на шуршащий, сплошной стеклярусный занавес. Ничего-о, пусть льет -- дождь этот одинаково нужен как для хлебов республики, так и для последующих событий рассказа: в сумерках по следам на влажной земле преследователям будет легче искать некоего убегающего от них икса.

Все, кто видел дьякона хоть бы вот сейчас, на улице Розы Люксембург, знают, что это мужчина здоровенный. Так что, может быть, я рискую неприятностью при случайной встрече с ним в другом рассказе и повести -- во тем не менее я считаю своим долгом разоблачить его здесь до конца.

Раскаявшись и обрившись, дьякон Индикоплев напечатал буллу к прежней своей пастве в "Известиях" УИКа. Набранная жирным цицеро булла была расклеена на заборах -- и из нее все узнали, что дьякон раскаялся после того, как прослушал лекцию заезжего москвича о марксизме. Правда, лекция в вообще произвела большое впечатление -- настолько, что следующий клубный доклад, астрономический, был анонсирован так:

"Планета Маркс и ее обитатели". Но мне доподлинно известно: то, что в дьяконе произвело переворот и заставило раскаяться -- был не марксизм, а марфизм.

Родоначальница этого внеклассового учения, до сих пор только чуть-чуть показанная между строк, однажды ранним утром спускалась к реке -- искупаться. Разделась, повесила на лозинку платье, с камушка опустила в воду пальцы правой ноги -- какова сегодня вода? -- плеснула раз, другой. На сажень влево сидел под кустом (тогда еще не раскаявшийся) голый дьякон Индикоплев и подтягивал вентерь, поставленный в ночь на раков. Привычным рыболовным ухом дьякон услышал плеск:

"Эх, должно быть, крупная играет!" -- взглянул... и погиб.

Марфа повела плечами (вода холодновата) и стала венком

закладывать косу кругом головы -- волосы спелые, богатые, русые, и вся богатая, спелая. Ах, если бы дьякон умел рисовать, как Кустодиев! -- ее, на темной зелени листьев, поднявшую к голове руку, в зубах -- шпилька, зубы -- сахарные, голубовато-бледные, на черном шнурочке -- зеленый эмалевый крестик между грудей...

Тотчас же встать и уйти дьякон не мог -- по случаю своей наготы; одеваться -- белье было одна срамота. Поневоле пришлось вытерпеть все до конца -- пока Марфа наплавалась, вышла из воды (одно это: как скатывались капельки с кончиков!), оделась -- не спеша. Дьякон вытерпел, но с того именно дня стал убежденным марфистом.

В сущности, к Евангелию марфизм был гораздо ближе, чем к марксизму.. Так, например, несомненно, что основной заповедью Марфа считала: "возлюби ближнего своего". Для ближнего -- она всегда готова была, по Евангелию, снять с себя последнюю рубашку. "Ах ты, бедняжечка мой, ну что ж мне с тобой делать? Ну, поди, миленький, ко мне -- ну поди!" -- это она говорила эсеру Перепечко ("бедненький, в тюрьме сидел!"), говорила Хаскину из ячейки ("бедненький -- шейка прямо как у цыпленка!"), говорила телеграфисту Алешке ("бедненький, все сидит -- пишет!"), говорила...

Тут-то в дьяконе и обнаружилось это проклятое наследие капитализма собственнический инстинкт. И дьякон сказал:

-- А я желаю, чтоб ты была моя -- и больше никому! Если я тебя... ну вот как... ну не знаю как... понимаешь?

-- Ах ты, бедненький мой! Да понимаю же, понимаю! А только что же мне с ними делать, когда они Христом-Богом просят? Ведь не каменная я, жалко!

Это было в тихий революционный вечер, на лавочке у Марфы в саду. Где-то нежно татакал пулемет, призывая самку. За стеною в сарае горько вздыхала корова -- и в саду еще горше вздыхал дьякон. Так бы и шло, если бы судьба не пустила в ход красного цвета, каким окрашиваются все перевороты в истории.

Как-то раз вместо хлеба гражданам выдали по бидону разведенного на олифе сурика. Весь день дьякон громыхал босыми ногами по железу -- красил в медный цвет крышу. А когда стемнело, дьяконица (соседи ей уж давно шептали про дьякона) задами пробралась к Марфе в сад. В руках у ней был узелок, а в узелке -- нечто круглое: может быть -- бомба, может быть -- отрубленная голова, а может быть горшок с чем-нибудь. Через десять минут дьяконица вылезла из сада, обтерла о лопух руки (не в крови ли они?) -- и вернулась домой. Затем -- как всегда: звезды, пулемет, в сарае вздыхала корова, на лавочке в саду -- дьякон. Он вздохнул раз, другой -- выругался:

-- Фу ты, ч-черт! И тут краской воняет -- никуда от нее не уйдешь, нынче за день весь насквозь пропитался!

Но, к счастью, у Марфы на груди была приколота веточка сирени. Дорогие товарищи, знакома ли вам эта надстройка на нежнейшем базисе -- согласно учению марфизма? Если знакома, вы поймете, что дьякон скоро забыл о краске и обо всем на свете.

Не удивительно, что утром дьякон еле продрал глаза к обедне. Скорей одеваться -- схватил штаны... Владычица! -- не штаны, а прямо следы преступления: все вымазано красным. И у серого подрясника -- все сиденье красное, и все полы красные... Лавочка-то вчера в саду была выкрашена то-то оно и пахло!

Дьякон кинулся к шкафу -- надеть другие брюки, которые не представляли собой наглядной диаграммы его греха, но шкаф был пуст: дьяконица все припрятала.

-- Нет, Гришка ты этакой Распутин, так и иди! -- кричала дьяконица. Иди, иди, чтоб все добрые люди видели! Не-ет, не дам, иди!

Так и пошел -- как некогда пророк Елисей -- со стадом гогочущих мальчишек сзади.

Никому и никогда еще не удавалось изобразить по-настоящему самум, землетрясение, роды, катцен-яммер. Нельзя изобразить то, что происходило в дьяконе, когда он служил эту обедню. Важно одно: к концу обедни дьякон оценил завоевания революции и, в частности, то, что революцией разрушена тюрьма буржуазного брака.

На другой день дьякон отнес к портному праздничную рясу. А через два дня в бордовой толстовке, бритый, стыдливо прикрывая рукой бесстыдно выскочивший нос, заявился к Марфе -- сказать ей, что из-за нее он решил погубить душу, отречься от всего, с дьяконицей развестись и жениться на ней, на Марфе.

-- Ах ты, бедненький! Ну, поди, поди ко мне... Да что это у тебя глаза такие чудные?

-- Что -- глаза! Тут мозги наперекосы пойдут -- от всего этого.

Мозги у дьякона шли наперекосы: как в бурсе, он опять сидел и зубрил тексты -- теперь из Маркса -- в каждый вечер ходил на занятия в кружок. Но под марксизмом дьякона скрывался чистейший марфизм: после моих беспристрастных свидетельских показаний это должно быть ясно для суда истории. А затем, граждане судьи истории, разве не на ваших глазах этот якобы раскаявшийся служитель культа только что перекрестился публично? Это видела вся Роза Люксембург и в том числе уважаемый тов. Стерлигов из УИКа -- неужели этого мало?

Вся Роза Люксембург была сейчас театральным залом: стеклярусный дождевой занавес раздвинут, ложи-подворотни полны публики, сотни глаз прикованы к сцене. Сцена -- две конструктивных по Мейерхольду площадки: два подъезда с навесами у входов в галантерейный магазин Перелыгина (входы, конечно, забиты досками: год -- 1919-й). Действие развертывается одновременно на обеих площадках: справа -- Стерлигов и телеграфист Алешка, слева -- марфист-дьякон и Марфа.

Алешка бледен, как Пьеро, и только оттопыренные уши нагримированы красным. Алешка с трудом (публике это видно) произносит, наконец, какое-то слово -- у Стерлигова цигарка падает наземь, он хватается за кобуру револьвера. Затем подымает обе руки к Алешкиной голове -- как будто чтобы взять ее за ручки, как самовар, и снять с плеч. Голова остается на плечах, но несомненно Стерлигов говорит что-то вроде: "Ну, если врешь -- голову с плеч долой!" И оба действующих лица сходят со сцены, вернее, сбегают: Стерлигов за рукав волокет Алешку куда-то за кулисы.

На левой площадке -- явно любовный диалог. Дьякон начинает его скупо, без жестов -- и только видно, как в кармане его толстовки мечется и прыгает что-то, как будто там зашита кошка: это -- свирепо стиснутый дьяконов кулак. Можно поручиться, что он спрашивает Марфу: "Ты мне почему сегодня утром калитку не открыла? Кто у тебя был? Нет, говори, кто? Слышишь?" Марфа подымает брови, вытягивает губы -- так же, как когда говорят ребенку "агу-агунюшки". Это на дьякона уже не действует -- мозги у него, явно, пошли наперекосяк, кошка сейчас выпрыгнет из кармана. Но публика в ложах его стесняет, -- видно, как он говорит только (текст приблизительный): "Ну, ладно, -- погоди!" -- и уходит с твердым решением (кошка в кармане каменеет): вечером спрятаться в саду у Марфы и подстеречь соперника.

Представление кончено. Марфа остается, на сцене одна, раскланивается с публикой. Публика все еще не расходится -- дождь припустил сильнее, и. промокнуть до костей решаются только те, кто волею судеб вплетен в основную сюжетную нить -- как, например, Стерлигов и Алешка-телеграфист.

Мокрые, они уже входили сейчас в учреждение,- которое в тот год носило имя гораздо более чеканное и металлическое, чем теперь. Рябой солдат равнодушно насадил Алешкин пропуск на свой штык, где уже трепетал десяток других Алешек, превращенных в бумажные лоскуты. Потом -- бесконечный коридор, какие-то летучий, почти прозрачне лица, сделанные из человеческого желатина. И перед дверью кабинета за столиком -- барышня, из этой особой породы -- секретарш (в собачьей вселенной -- секретаршами служат, несомненно, болонки).

У Стерлигова сквозь меха на лице -- или от волнения -- волос глухой:

-- Папалаги у себя?

Болонка юркнула в кабинет, выскочила обратно, помахала Стерлигову хвостиком:

-- Пожалуйте,

И через секунду телеграфист Алешка уже стоял перед самим товарищем Папалаги. На столе возле него -- тарелка с самой обыкновенной пшенной кашей, и удивительно, что он ее ест самым обыкновенным способом, как все. Но усы у Папалаги -- громадные, черные, острые, греческие -- или еще какие усы...

-- Ну, гражданин... как вас? ага! -- рассказывайте. Ну?

Колени у Алешки так тряслись, что он сам слышал, как шуршат, вроде пузырей, непромокаемые брюки. Заикаясь с точками и точками с запятой после каждого слова, Алешка доложил, что нынче утром во дворе у гражданки Марфы Ижболдиной он видел эсера Перепечко, который эсер явно ночевал на сеннике в сарае.

-- Тем лучше: сам к нам на рога лезет (действительно: острые усы были как рога). Тем лучше, тем лучше... -- Папалаги нажал звонок, в дверях желатинное лицо.

-- Вот что -- сегодня вечером на Блинной улице... Впрочем -- потом. Пока идите. Вы тоже можете идти (это уж Алешке, и Алешка непромокаемо шуршит из кабинета).

Тишина. Пшенная каша. Рога нацелены на Стерлигова.

-- Черт возьми! -- понимаете: сотрудники заявляют, чтоб им выдали прозодежду... И дернуло же их там, в Москве, придумать! Слушайте, Стерлигов: у вас там в магазинах ничего не осталось, чтобы реквизировать и раздать им?

Стерлигов роется в своих мехах, уставившись в пшенную кашу.

-- Гм... Разве только у Перелыгина еще кой-что...

-- Ну, у Перелыгина, так у Перелыгина. Только скорей распорядитесь, чтоб привезли сюда. Момент такой, что, понимаете... Этот сукин сын Перепечко...

Каша. Тишина. Шелк дождя за открытым окном. Запах сирени, проникающий даже сюда без всяких пропусков. В ложах подворотней на улице Розы Люксембург публика все еще ждет хоть коротенького сухого антракта.

Но вместо антракта -- представление неожиданно возобновляется: на одну из сценических площадок входят трое милиционеров (статисты без слов) и человек в белой мохнатой куртке, сшитой из купальной простыни. В ложах его тотчас узнали и шепотом заволновались:

-- Сюсин! Сюсин из Упродкома! Сюсин!

Слабое мание руки великого Сюсина, треск отдираемых от дверей досок милиционеры уже волокут из магазина какие-то картонки и валят их на бывшую городского головы линейку.

Дождь сразу перестал -- как перестает реветь капризный мальчишка, заметив, что на него уже не смотрят. Под солнцем блестела на линейке черная, еще мокрая клеенка. С крыши что-то кричали народу воробьи. Народ от восемнадцати до пятидесяти кричал на сцену:

-- Эй, товарищи! Чего это у вас там?

Милиционеры, которым от автора не дано было слов, молчали. Сюсин выдержал паузу и вполоборота бросил небрежно -- как, закурив, бросают спичку:

-- Прозодежда.

И от сюсинской спички тотчас же загорелась вся Роза Люксембург от восемнадцати до пятидесяти:

-- Прозодежда? Куда? Кому? А-а, так, а нам -- шиш? Граждане, трудящие, держи их! Граждане!

Сюсин вскочил на линейку, за ним милиционеры. Один из них стал нахлестывать лошадь так, как будто это был классовый враг -- пожалуй, даже без "как будто": лошадь была купеческая. Сивый классовый враг пустился во всю прыть, унося тайну прозодежды.

Через полчаса в кабинете у Папалаги телефон звонил, что по случаю прозодежды -- волнение. Всем от восемнадцати до пятидесяти по добавочному купону. И выдали спички -- один коробок на троих. Народ от восемнадцати до пятидесяти зажужжал еще пуще -- как пчелы, в воздухе ощущались рои событий, и пока еще неизвестно только, где они привьются, где повиснут спутанным, темным, крылатым клубком.

Раскаявшийся дьякон Индикоплев снимал теперь комнату. Дом, дьяконицу, детей, деньги, диван -- все прочные "д" дьякон оставил позади и жил теперь среди взвихренных "р": фотографии Маркса и Марфы, кровать без простынь, огрызки, брошюры, окурки. Когда в сумерках дьякон вернулся сюда и голый нос спрятал в грязную подушку -- все эти "р" закружились, кровать колыхнулась и отчалила вместе с дьяконом от реальных берегов.

Тотчас же руки, ноги, пальцы -- где-то за сто верст и в то же время вот тут, рядом: как на карте -- кружки городов. Дьякон проскочил сквозь себя по некой спирали и стал в уголку, откуда все было видно. И совершенно ясно было, что там, где голый, выбритый дьяконов нос -- там Москва, уткнувшаяся в кислые перья подушки. Чтобы не задохнуться -- надо поднять руку, выпростать Москву из перьев, но дом, дьяконица, дети, диван придавили -- конец! Перекреститься бы -- но нельзя: из уголка своего дьякон видит, что на нем не ряса, а бордовая толстовка, и на стене -- меховой, похожий на Стерлигова Маркс...

От Стерлигова -- как вязальной иглой кольнуло куда-то в живот, лежачий стоверстный дьякон и крошечный в уголку -- соединились в одного, этот один вскочил, открыл окно. На кладбище звонили ко всенощной, за углом солдаты пели "Интернационал" -- и невозможно, чтоб это все было вместе, надо было скорее распутать, скорее разыскать Стерлигова, объяснить ему, что ей-Богу же -- никакого Бога нег, а есть... а есть... Что, ну -- что есть, что?

Дьякон отчаянно махнул рукой и побежал в УИК. Там

сказали, что Стерлигов, наверное, в клубе наверху. Дьякон полез наверх, открыл обитую драной клеенкой дверь, вошел.

В огромной зале -- за сто верст, на дне -- мигала в дыму керосиновая лампочка. Старушонка за роялью играла миньон, в мешочных рубахах милиционеры пятились миньоном назад, натыкаясь с хохотом друг на друга. Шли занятия балетно-драматической студии для милиционеров, густо пахло санитарным вагоном.

Дьякон крикнул:

-- Товарищ Стерлигов здесь?

Миньон затвердел, старушка вынула платок и не то сморкалась, не то плакала. Дьякон прикрыл голый нос ладонью и сказал, глядя в чьи-то, отдельно повисшие в дыму, веселые зубы с цигаркой:

-- Мне товарищу Стерлигову объяснить, что Бога... Мне -- по срочному делу: нельзя ли сейчас? Узнайте.

-- Ладно... -- и, пятясь миньоном, милиционер пропал в темном углу.

Короткая, в три восьмых, пауза, заполненная смесью колокола с "Интернационалом" (окно открыто). Когда три восьмых прошло, дьякон издали за сто верст -- услышал сквозь дым:

-- Нельзя. Велел вас задержать. Сядьте пока тут. Дьякон послушно сел. Старушка всхлипнула последний раз и заиграла, милиционеры, пятясь, поплыли в дыму. И только тогда, через версты дошло до дьякона это слово -- "задержать". Задержать! Пропал: сейчас придут с ружьями и уведут... По пути к пяткам душа остановилась в ногах, ноги стали самостоятельным, логически-мыслящим существом, в секунду все решили, потихоньку подняли дьякона -- и под музыку, пятясь как все, он пошел к двери. Тут набрал, сколько мог, санитарного воздуха -- сломя голову вниз по ступеням, на улицу -- и побежал.

Как в поезде -- столбы телеграфа, черные квадраты окон, крошечные булавочные огоньки, самовар на столе. И вдруг кто-то косой, яркий свет, вырезанные из темноты головы, плечи, носы, толпа. Дальше было некуда, назад -- нельзя. Дьякон втиснул себя в кирпичную верею у каких-то ворот, зажмурил глаза, ждал: сейчас придут.

И действительно, кто-то подошел и крикнул над самым ухом дьякона:

-- Выдали!

Кто выдал -- все равно: надо бежать. Дьякон рванулся, открыл глаза.

Перед ним был Алешка-телеграфист. Вытянув руки, в пригоршнях, крепко как птичку, которая сейчас улетит -- он держал кусок черного хлеба.

-- Выдали, -- крикнул он, -- эаместо прозодежды! Я -- последний получил, больше нету.

Длинно, как корова в сарае, дьякон выдохнул из себя все.. И тотчас же понял, что хочется есть, с утра ничего не ел, дома в шкафу стоит каша, надо пойти домой! Но Алешка схватил за рукав:

-- Гляди-гляди-гляди! Да гляди же!

В косом свете из окна -- на ступенях стоял Сюсин в своей белой, мохнатой куртке и рядом с ним рябой Пузырев -- тот самый, какой два года пропадал в немецком плену. Пузырев двумя пальцами, как в огурец вилкой, тыкал в Сюсина:

-- Так ты говоришь -- хлеба больше нету? А если так, то спрашивается: за что же я, например, пропал без вести? Граждане, бей его!

В белой косой полосе все накренилось. Сюсин упал, на него насели густым, шевелящимся роем, на секунду очень ясно -- рука Сюсина с зажатым в ней ключом...

Здесь несколько вычеркнутых строк -- или, может быть, дьякон действительно не помнил, как он очутился в своей комнате, инструментованной на "р", как ел холодную кашу. Поевши, хотел прикрыть кастрюлю брошюрой Троцкого, но раздумал: знал, что сюда уж никогда не вернется, потому что финал рассказа должен быть трагический. И захватив для этого финала железный косырь, каким щепал для самовара лучину, дьякон вышел навстречу неизбежному.

Возле дома через забор свешивалась вниз сирень -- сейчас она была черная, железная. Под сиренью на бревнах -- тесно сидели двое, белел в темноте чулок и голое колено, звучно, революционно целовались. От этого в дьяконе сразу как бы повернулся выключатель и осветил комнату, где (внутри дьякона) с кем-то целовалась Марфа. Все остальное потухло, и дьякон помнил теперь только одно: скорее туда, к Марфиному дому, чтобы подстеречь его.

Там, на Блинной, одно окошко было освещено, и на белой занавеске шевелилась тень -- сейчас подняла к голове руки:

должно быть, разделась и венком закладывает косу на голове -- как тогда на реке. Дьякона обожгло, будто выпил рюмку чистого спирта. На цыпочках стал подбираться к самому окну, чтобы поднять занавеску, -- но позади кто-то чихнул. Дьякон дрогнул, обернулся -- и возле Марфиной калитки увидел его. Лица не разобрать -- было видно только: поднят воротник и надвинута на глаза франтовская -- белой тарелкой -- шляпа-канотье.

В кармане -- далеко, за сто верст -- дьякон трясущимися вальцами нащупал косырь. Потом: вот, пусть он залезет в сад, пусть! И прошел мимо освещенного окошка, мимо разоренного перелыгинского дома. Тут поглядел назад: шляпа-канотье заворачивала за угол, где в переулочке была садовая калитка. Окошко у Марфы потухло: значит, она ждет...

Дьякон немного помедлил -- как, крутясь, всегда медлят взорваться бомбы у Льва Толстого. Вытащил косырь, обтер его зачем-то полой -- и, перескочив через забор в сад, сквозь мокрую, хлещущую сирень, бомбой пролетел к скамейке, чтобы одним махом прикончить его и этот рассказ.

Мы уже давно обросли мозолями и не слышим, как убивают. Никто не слышал, как вскрикнул дьякон, замахнувшись косырем: все от восемнадцати до пятидесяти были заняты мирным революционным делом -- готовили к ужину котлеты из селедок, рагу из селедок, сладкое из селедок. Где-то, с зажатым в руке ключом, лежал белый Сюсин. Из окна пахло сиренью. Товарищ Папалаги допрашивал пятерых, арестованных возле хлебной лавки, и справлялся по телефону, чем кончилось дело на Блинной.

Но на Блинной не кончилось, бомба продолжала крутиться еще бешеней: на скамейке дьякон никого не нашел -- и ободранный, мокрый, полыхающий, выскочил назад, на Блинную. На углу остановился, крутясь, и увидел: в лиловых майских чернилах белела -- быстро плыла шляпа-канотье прямо на него.

Мгновенно погасла (в дьяконе) комната, посвященная марфизму -- вспыхнула другая, где был Маркс, Стерлигов и прочие грозные меховые люди. И меховой Стерлигов-Маркс послал канотье, чтобы задержать дьякона -- это теперь осветилось в темноте совершенно ясно. Бежать -- куда глаза глядят!

Дьякон несся по Блинной -- огромный -- и видел свои

размахивающие руки. Но это был не он: сам он -- крошечный, с булавочную головку, стоял посередине дороги и смотрел, как бежит этот другой. И вдруг кольнуло в живот от страха: заметил, что тот -- огромный -- дьякон бежит, пятясь миньоном, как тогда милиционеры... ну да: вот теперь пятится как раз мимо закопченных стен перелыгинского дома. Надо было остановиться, понять, что же это такое -- дьякон нырнул в голую, без дверей, дыру в стене и, громко дыша, присел.

Густо пахло -- как во всех пустых домах в тот год. Сверху в черный четырехугольник звезды равнодушно глядели вниз, на Россию, как иностранцы. Разом было слышно: частое дыханье, третий звон на кладбище, выстрелы. И, конечно, немыслимо, чтобы один человек сразу же слышал все это и видел звезды, и нюхал вонь. Стало быть, дьякон не один, а...

Плоские, плюхающие шаги за стеной. Медленно, сустав за суставом раздвигая себя, как складной аршин, дьякон приподнялся, выглянул через дыру в стене -- и ахнул: этот в канотье -- раздвоился и теперь уже двойной, в двух одинаковых канотье, присел на корточки и, зажигая спички, разглядывал дьяконовы следы на влажной земле. Больше терпеть было невозможно: дьякон закричал и, прыгая через какие-то балки, печи, кирпичи, кинулся сквозь перелыгинский дом. Слышно было, как сзади падал и в два голоса материл он споткнулся -- отстал.

Пустыми переулками, набитыми черной ватой, дьякон добежал до кладбища оно начиналось сразу же за Блинной. Там он забился у ограды, где кладбище спускалось в лог и где оптом закапывали умиравших в тот год. Соленые, едучие капли со лба лезли в глаза, -- дьякон утерся и сел на плиту. Вылез красный запыхавшийся месяц, дьякон увидел мраморную дощечку с золотыми буквами: "Доктор И. И. Феноменов. Прием от 10 до 2". Раньше дощечка эта висела на дверях у доктора, а когда доктор переселился на кладбище -- дощечку привинтили к плите. Дьякон хорошо понимал: с головой у него что-то неладное, надо бы поговорить с доктором -- решил ждать, когда начнется прием у Феноменова.

Но дождаться не пришлось: над оградой кладбища опять показался он, в белом канотье. И он размножался с ужасающей быстротой: он был уже не раздвоенный, а распятеренный -- в пяти канотье. Дьякон понял, что это конец, деваться некуда, и заорал: "Сдаюсь! Сдаюсь!"

Когда привели пойманного, Папалаги повернул зеленый абажур так, чтобы осветить его, и спросил:

-- Фамилия?

-- Индикоплев, -- ответил дьякон.

-- Ах, Инди-ко-плев! Вот как! Происхождение, родители?

Где-то далеко, за сто верст -- дьякон знал: нельзя, чтобы родитель был протопоп. Дьякон прикрыл ладонью голый нос и сквозь ладонь неуверенно сказал:

-- Родителей не... не было.

Папалаги -- как рога -- наставил на него страшные черные усы:

-- Довольно дурака валять! Сознавайтесь! Дьякона прокололо. Значит, уже все известно -- тогда все равно.

-- Я сознаюсь, -- сказал он. -- Я перекрестился. Хотя я и отрекся, но перекрестился публично, я сознаюсь. Папалаги обернулся и кому-то в угол:

-- Что он -- сумасшедшего разыграть хочет? Ладно, пусть попробует! Папалаги нажал кнопку.

И тогда вошел он -- неясное, желатинное лицо, поднятый воротник, канотье. Дьякон побелел и забормотал, пятясь:

-- Он самый... пять шляп -- эти самые... Пожалуйста, не надо. Ради Христа... то есть -- нет, не ради!

Папалаги поглядел на шляпу, сердито зашевелил усами. Потом показал на пойманного эсера, который притворялся сумасшедшим:

-- Увести его в десятый -- и сами ко мне сейчас же! Когда дьякона увели, и затем в кабинете выстроились все пятеро во франтовских канотье, -- Папалаги закричал:

-- Что это за маскарад такой, что за шляпы, что за чепуха? Кто это выдумал?

Один, который стоял ближе, вынул руки из карманов, снял канотье, повертел в руках.

-- Это, видите ли, товарищ Папалаги... это, согласно приказу, прозодежда, которую нам, значит, выдали для ношения.

-- Сейчас чтобы снять! Ну, слыхали?

И пять прозодежд стопкой покорно легли на письменный стол.

Так кончился миф с прозодеждой. Очевидно, кончился в рассказе, потому что не осталось больше никаких иксов, кроме того, порок уже наказан. Нравоучение же (всякий рассказ должен быть нравоучителен) совершенно ясно: не следует доверять служителям культа, даже когда они якобы раскаиваются.

Also available from JiaHu Books:

Chekhov – Short Stories to 1880
English - 9781784351373
Russian - 9781784351212
Dual - 9781784351380
Chekhov – Short Stories of 1881
English - 9781784351489

Лучшие русские рассказы — 9781784351229

Дядя Ваня — А. П. Чехов — 9781784350000

Три сестры — А. П. Чехов — 9781784350017

Вишнёвый сад — А. П. Чехов - 9781909669819

Чайка — А. П. Чехов — 9781909669642

Дуэль — А. П. Чехов — 9781784350024

Иванов — А. П. Чехов — 9781784350093

Шутки - А. П. Чехов — 9781784350109

Остров Сахалин - А. П. Чехов — 9781784351120

Русланъ и Людмила — А. С. Пушкин - 9781909669000

Евгеній Онѣгинъ — А. С. Пушкин — 9781909669017

Пиковая дама, Медный всадник, Цыганы — А. С. Пушкин —
9781784350116

Капитанская дочка — А. С. Пушкин — 9781784350260

Борис Годунов — А. С. Пушкин — 9781784350291

Стихотворения: 1813-1820 — А. С. Пушкин — 9781784350864

Анна Каренина — Л. Н. Толстой — 9781909669154

Детство — Л. Н. Толстой — 9781784350949

Отрочество — Л. Н. Толстой — 9781784350956

Юность — Л. Н. Толстой — 9781784350963

Смерть Ивана Ильича — Л. Н. Толстой — 9781784350970

Крейцерова соната — Л. Н. Толстой — 9781784350987

Так что же нам делать? — Л. Н. Толстой — 9781784350994

Хаджи-Мурат — Л. Н. Толстой — 9781784351007

Царство божие внутри вас... — Л. Н. Толстой —
9781784351113

Записки из подполья — Ф. Достоевский — 9781784350472

Бедные люди — Ф. Достоевский — 9781784350895

Повести и рассказы — Ф. Достоевский — 9781784350901

Двойник — Ф. Достоевский — 9781784350932

Вечера на хуторе близ Диканьки - Николай Гоголь - 9781784351755

Рудин — И. С. Тургенев — 9781784350222

Записки охотника - И. С. Тургенев — 9781784350390

Нахлебник - И. С. Тургенев — 9781784350246

Отцы и дети — И. С. Тургенев - 978178435123

Ася — И. С. Тургенев — 9781784350079

Первая любовь — И. С. Тургенев — 9781784350086

Вешние воды — И. С. Тургенев — 9781784350253

Накануне — И. С. Тургенев — 9781784350512

Мать — Максим Горький — 9781909669628

Человек-амфибия — А. Беляев - 9781784350369

Рассказ о семи повешенных и другие повести — Л. Н. Андреев — 9781909669659

Жизнь Василия Фивейского — Л. Н. Андреев — 9781784351182

Соборяне — Н. С. Лесков - 9781784351939

Леди Макбет Мценского уезда и Запечатленный ангел - Н. С. Лесков - 9781909669666

Очарованный странник — Н. С. Лесков — 9781909669727

Некуда — Н. С. Лесков -9781909669673

Мы - Евгений Замятин- 9781909669758

Уездное, На куличках, Островитяне – Е. Замятин — 9781784352043

Огни св. Доминика – Е. Замятин — 9781784352080

Мамай, Пещера, Большим детям сказки, Рассказ о самом главном – Е. Замятин — 9781784352073

Алатырь, Север, Ловец человеков, Бич божий – Е. Замятин — 9781784352097

Санин — М. П. Арцыбашев — 9781909669949

Двенадцать стульев — Ильф и Петров - 9781784350239

Золотой теленок — Ильф и Петров - 9781784350468

Мастер и Маргарита — М.А. Булгаков - 9781909669895

Собачье сердце — М.А. Булгаков — 9781909669536

Записки юного врача — М.А. Булгаков — 9781909669680

Роковые яйца — М.А. Булгаков — 9781909669840

Горе от ума — А. С. Грибоедов - 9781784350376

Рассказы для детей - Д. Хармс - 9781784350529

Евгений Онегин (Либретто) — 9781909669741

Пиковая Дама (Либретто) — 9781909669918

Борис Годунов (Либретто) — 9781909669376

Руслан и Людмила (Либретто) — 9781784350666

Жизнь за царя (Либретто) — 9781784351250

Как закалялась сталь - Николай Островский - 9781784351946

Левша — Николай Лесков — 9781784351953

Тяжелие сны — Федор Сологуб — 9781784351977

Творимая легенда — Федор Сологуб — 9781784351991;
9781784352004; 9781784352011

Победа смерти — Федор Сологуб — 9781784352028

Рассказы — Федор Сологуб - 9781784352035